点滴集

刘功永 著

九州出版社
JIUZHOUPRESS

图书在版编目（CIP）数据

点滴集 / 刘功永著. -- 北京 ： 九州出版社，
2014.7
ISBN 978-7-5108-3115-7

Ⅰ. ①点… Ⅱ. ①刘… Ⅲ. ①对联－作品集－中国－
当代 Ⅳ. ①I269.7

中国版本图书馆CIP数据核字(2014)第159691号

点滴集

作　　者	刘功永 著
出版发行	九州出版社
出 版 人	黄宪华
地　　址	北京市西城区阜外大街甲35号（100037）
发行电话	（010）68992190/3/5/6
网　　址	www.jiuzhoupress.com
电子信箱	jiuzhou@jiuzhoupress.com
印　　刷	北京华忠兴业印刷有限公司
开　　本	880毫米×1230毫米　32开
印　　张	6.25　彩插　10p
字　　数	156千字
版　　次	2014年9月第1版
印　　次	2014年9月第1次印刷
书　　号	ISBN 978-7-5108-3115-7
定　　价	26.00 元

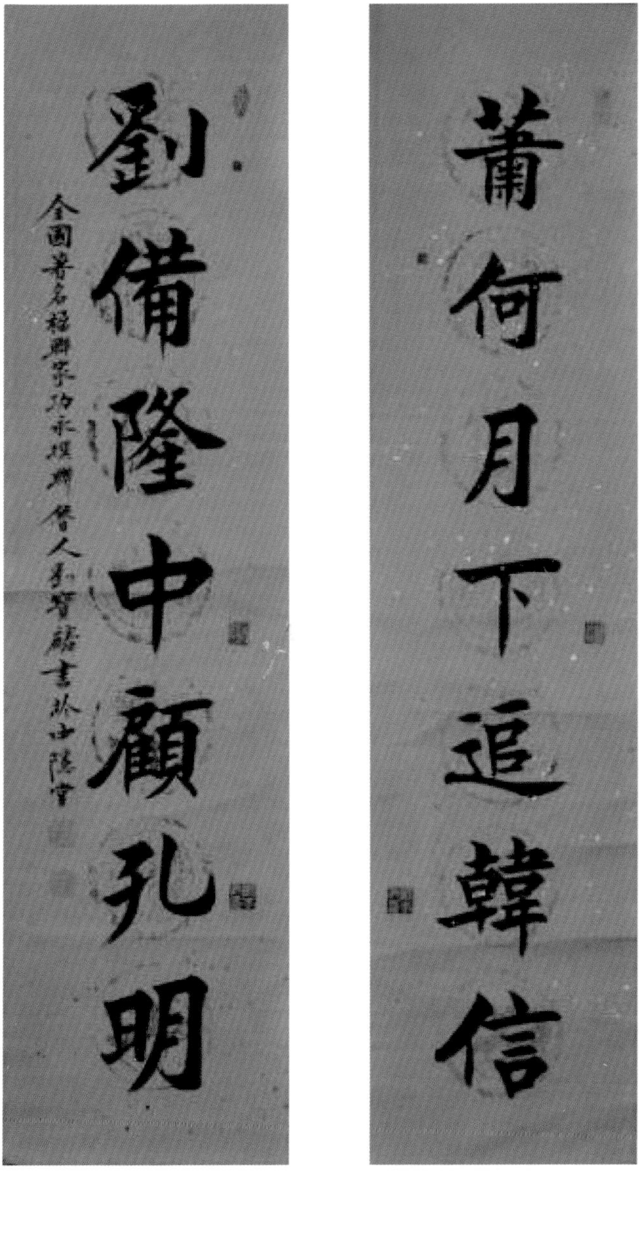
蕭何月下追韓信
劉備隆中顧孔明
全國著名楹聯家

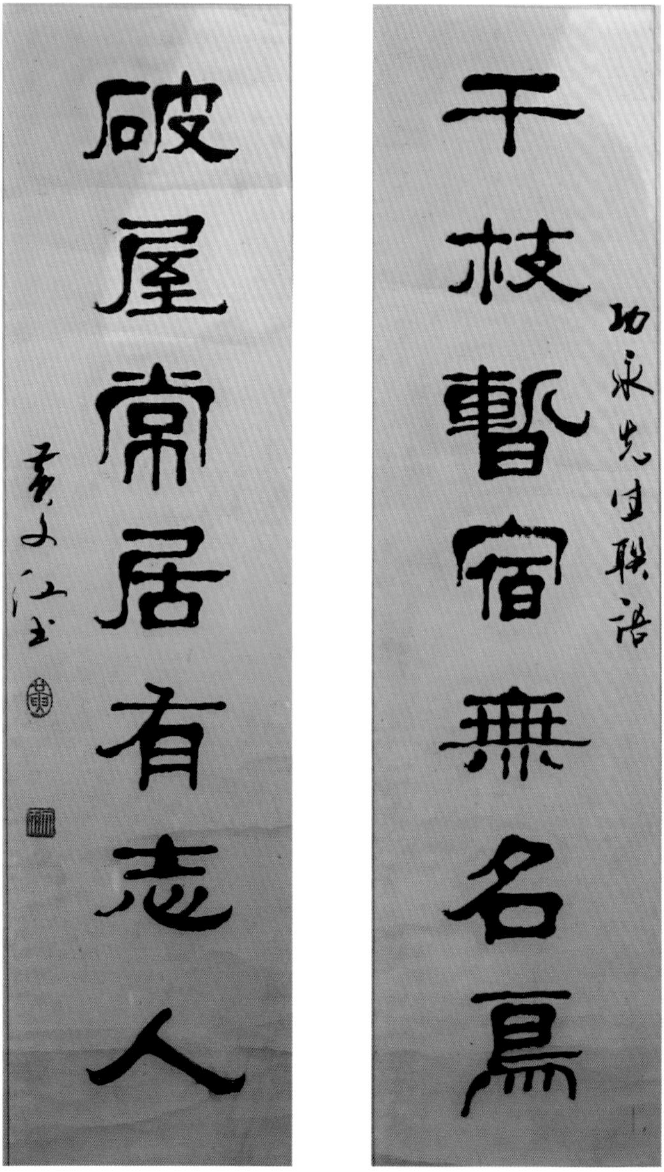
千枝暫宿無名鳥
破屋常居有志人

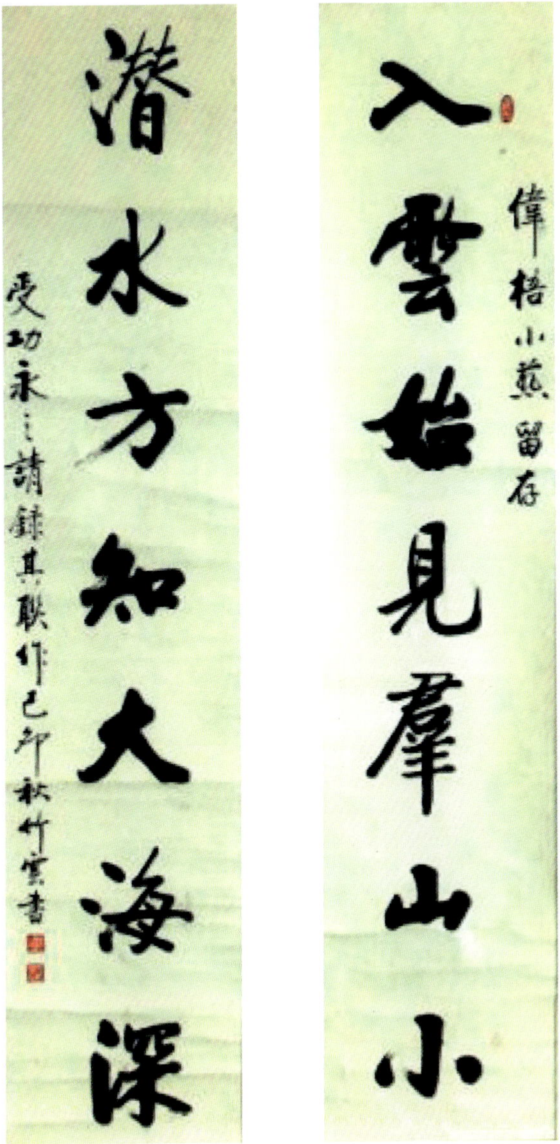
入雲始見羣山小
偉楷小蘇留存
潛水方知大海深
受功永之請錄其聯作己卯秋竹實書

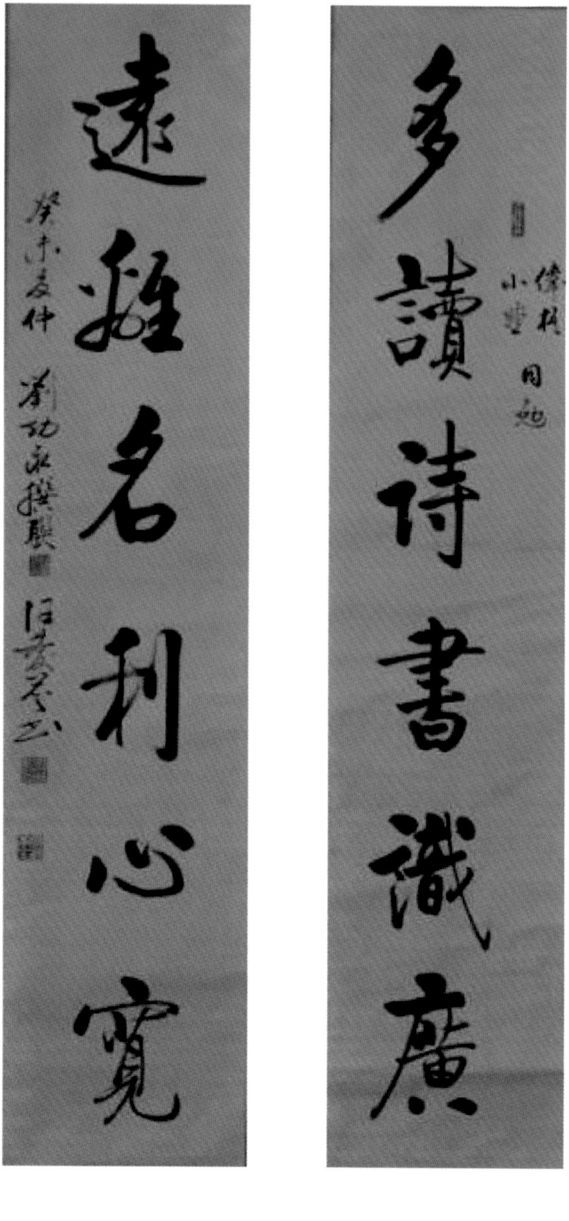
多讀詩書識廣
遠離名利心寬

龍騰廣宇千年瑞
喜到人間萬物興

伟龙
孝春
结婚志喜

刘功永撰贺

戊寅季春臧学达书

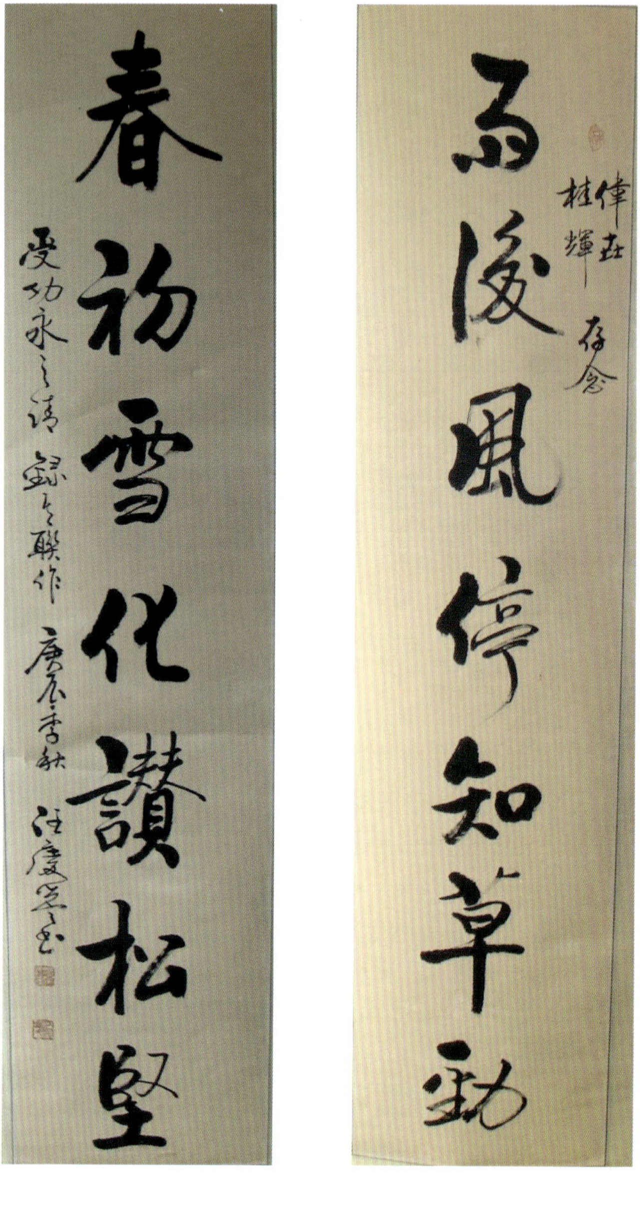

雨後風停知草動
春初雪化讚松堅

披荆獨闖艱辛路
展翅雙飛廣闊天

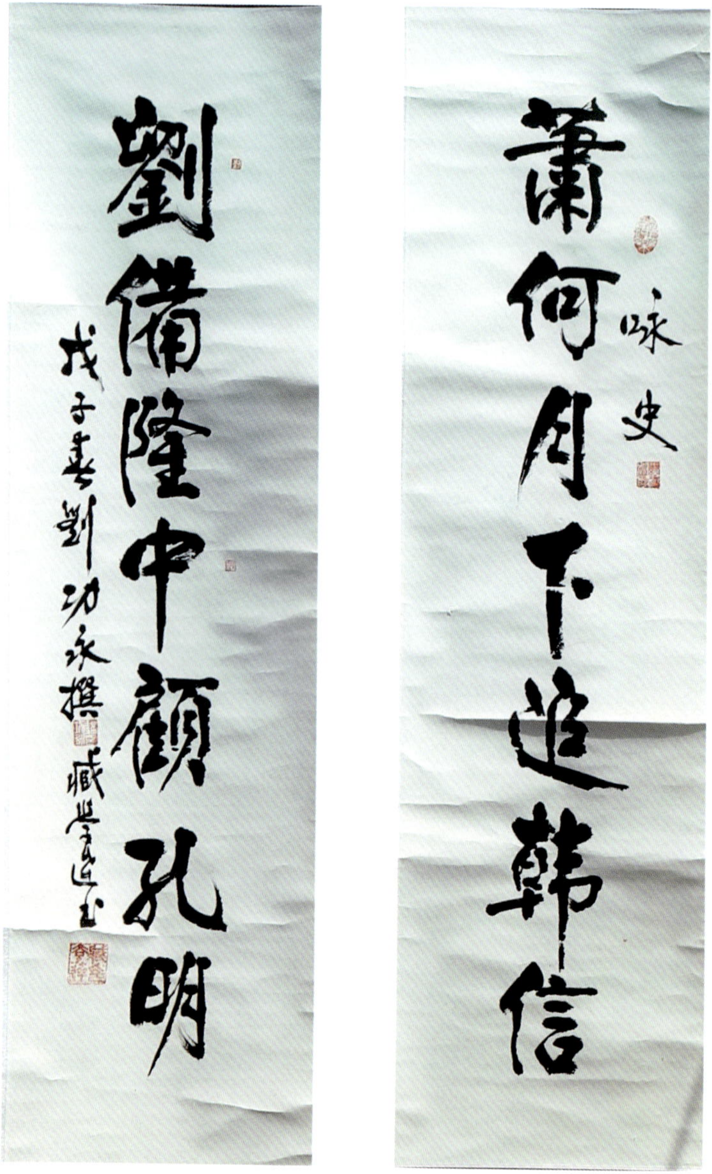
蕭何月下追韓信
咏史
劉備隆中顧孔明
戊子春劉功承撰

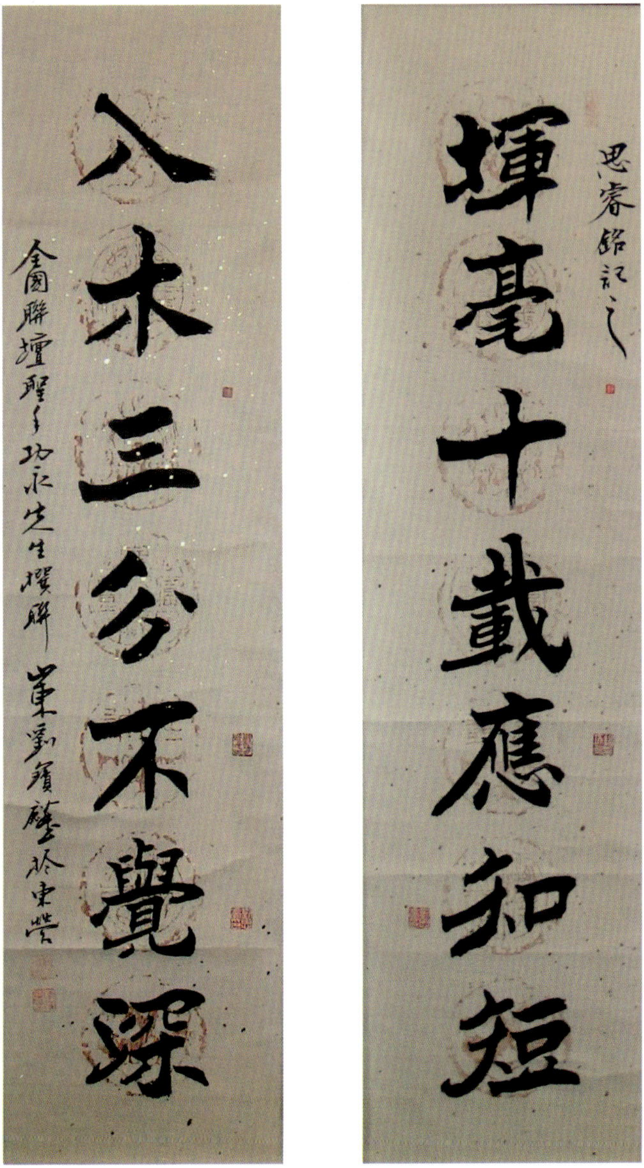
揮毫十載應知短
思睿銘記之
入木三分不覺深
全國聯壇聖手功永先生撰聯

居有竹

前 言

不知起于何时，大凡出书，请名人作序，已成为一种时尚。据说这叫“名人效应”。而无名之辈的我，何处请名人？因此，只得自己提笔，不称“序”，称“前言”也是可以的。

我为何喜爱上对联，说来话长，只能用“无奈”二字来概括。

一九八八年下半年，我有幸出任大纳公路大方境主管工程技术的副指挥长一职。在此，感谢那位不知名的九方皋。大纳公路当时为贵州的第二条高等级公路。在修大纳公路的几年时间里，体现了我的人生价值，没有出大的工程技术事故，且按时通车，还解决了不少技术问题。另一方面，又遭到了无情的打击和排挤。君若不信，举两个小例，可见一斑。我身为主管工程技术的副指挥长，工程后期，上级开工程技术会，不要我参加。我身为主管工程技术的副指挥长，迎接交通部竣工验收名单中，无本人的名字。修大纳公路，确实体现了我的人生价值，但在人生的道路上，不可能再修公路来体现人生价值了，一是不想修，二是不可能再修。于是，另辟小道：

自学对联！

说这些，就是前面“无奈”的注脚。因此，自费订《对联·民间对联故事》和《中国楹联报》，再加上《辞海》与《辞源》，在四位无声老师的指导下，涉足联海。其中的酸甜苦辣只我知。本人未受过高等教育，还谈什么文化底蕴，只能说文史常识极其贫乏。选学对联，可谓货真价实的先天不足。就对联的格律而言，当时只知上联的末字是仄声，下联的末字是平声。其他诸如什么古四声、新四声、失替、失对、合掌、不规则重字等，概不知道。且已年过半百，既是笨鸟，又要后飞，可见难度之大。无声老师是无私的，又是毫无保留的。边学边大胆创作，偶有对联和文章见于报端，这叫初见成效吧。囿于水平，所作对联，短联居多，其中的五、七言联占绝大多数。二十年来，作为业余爱好，点点滴滴，至今发表了五百余副对联，短小文章三十余篇。对别人也许是垃圾，对我却是心血。

近几年来，晚辈要求我整理对联和文章，出本小册子。周围的一些同志，也劝我出本小册子。但我一直不愿意。花钱是小事，书出来了，有几人看？别人看唐诗、宋词、清联，还是看我的粗制品？双手送别人一册，当面说声“谢谢”，背后乱扔。现年超古稀，晚辈怕我作古，一直要求我把点点滴滴整理出来，留给他们作纪念。于是下决心出这本小册子，取名《点滴集》，也可称“引玉之砖”。

对这本小册子，作为晚辈的刘伟龙、刘敬烈花了不少心血，应该致谢。

书中如有缺点和错误，不请原谅，只求勿贻笑大方就行了。

不是序，是前言。

作　者

甲午孟春

凡 例

1. 编纂分类原则上按中国楹联学会拟定的《中国对联集成》编纂方案进行，分类和子目有增有减。

2. 收集截至 2013 年底。

3. 出处只冠“载”字的，说明该联是先使用，后发表。无出处者，首次发表。

4. 作品严重违律，编辑和评委作重大修改（实际不完全是本人作品），与别人“撞车”或“雷同”的，不再收集。

5. 有的作品只得入选或获奖通知，未得书。不知是哪一副，无法收集。

6. 凡跨类（目）的作品，任选一类（目）编排。

7. 除极少数外，平仄按古四声。

8. 同一联题或同目，按发表时间的先后顺序编排；挽联和墓碑联，按作古时间的先后编排。

目 录

联语部分

一、山水类

二、园林类

三、古建类

四、居室类

五、行业类

六、题赠类

七、喜庆类

八、哀挽类

九、巧妙类

十、文艺类

十一、集句类

十二、杂题类

十三、栏目应对

文章部分

联语部分

一、山水类

1. 山岭

题嵩山

旭日三光里
嵩山五岳中

原载《河南楹联》（总第 25 期）

题大方雨龙山

雨润青山千里秀
龙藏宝地万家安

原载《乌蒙诗刊》（总第 53 期）

题大方落脚河牛项坡

山青草茂金牛卧（刘伟龙出句）
水绿天高赤日悬

原载《乌蒙诗刊》（总第 90 期）

题花山

君游世界，问无际花山何处见
我住黄坪，迎有缘众客此间来

原载《乌蒙诗刊》（总第 91 期）

【简注】：《杜鹃花开》一书收集此联时，不知何故，编者作了修改。此以原作为准。

2. 石岩

题大方竹园老鹰岩

寒风大雪侵千载
硕石雄姿立半山

原载《乌蒙诗刊》（总第 94 期）

又

暑去寒来，传递深情，眼观路上人车马
风吹雨打，担挑重任，头顶空中日月星

原载《乌蒙诗刊》（总第 96 期）

3. 洞穴

题大方九洞天

忙时细作三分地
闲日常游九洞天

原载《乌蒙诗刊》（总第 93 期）

【校勘】：联题原为“无题”。

4. 川流

题大方对江

一条河水绿

四季菜园青

原载《乌蒙诗刊》（总第 59 期）

题落脚河石拱桥

水中流水千程去

桥上建桥百世存

原载《扶风》（2001·2）

【简注】：原石拱桥供人畜行。上世纪八十年代，改建清毕路，在原石拱桥上修建公路石拱桥。

题落脚河索桥

谷底仰头，索桥连两岸

车中斜目，禄水绕双山

原载《大方报》（总第 396 期）

【简注】：“禄水”是落脚河的别称。

题大方对江公路桥

两桥并立称新老

一水长流鉴古今

原载《乌蒙诗刊》（总第 94 期）

【简注】：老桥旁修新桥，老桥至今仍保留。

题大方雨冲

雨冲银杏甲天下
天下玉流数雨冲

原载《乌蒙诗刊》（总第97期）

题金月亮·落脚河

不知金月几时亮
唯愿玉流千载清

原载《大方报》（2013·9·24）

题杭瑞公路野拉大桥

绿水蓝天接
杭州瑞丽连

原载《乌蒙诗刊》（总第100期）

5. 湖泽

题威宁草海

风吹水面千波起
日映空中百鸟飞

原载《乌蒙诗刊》（总第55期）

又

三光潜草海
七彩架虹桥

原载《乌蒙诗刊》（总第 90 期）

题水西湖

筑坝成湖，舟船漂绿水

退耕植草，鸟雀绕青山

原载《乌蒙诗刊》（总第 77 期）

【简注】：“水西湖”后改为“支嘎阿鲁湖”。

二、园林类

亭榭

题奢香墓前玉慧亭

一亭立墓前，花添锦上
三塔围城外，极入云中

原载《乌蒙诗刊》（总第 42 期）

【简注】:1. 县城东门有联壁塔，南门有奎峰塔，西门有扶风塔。

2. 此联承蒙我县黄文江先生书写在奢香博物馆陈列。影印件收入《中国对联集成·贵州毕节卷》（下卷）

又

玉羊直照亭边水
慧眼常观墓侧山

又

玉手招徕千里客
慧心赞颂一亭春

前两副原载《乌蒙诗刊》（总第 52 期）

三、古建类

1. 楼阁

题黄鹤楼

天上白云轻易过
楼中黄鹤总难归

原载《中国楹联报》（总第 797 期）

又

若无黄鹤归，谁赏二江奔大海
唯有白云绕，我陪三镇展雄风

原载《中国楹联报》（总第 1089 期）

2. 衙署

题贵州宣慰府在大方落成

灵地落成宣慰府
杰人造就大方城

原载《乌蒙诗刊》（总第 87 期）

3. 书院

题书院

书中理正

院内花香

原载《中国楹联报》（总第 267 期）

【简注】：由于人名排版错位，该报把作者误为段惠民。

4. 其他

试题大方城北顺德路牌坊联

壮丽江山，水西广袤三千里

悠长岁月，城北人文六百年

原载《乌蒙诗刊》（总第 93 期）

【简注】：城北有奢香墓，奢香夫人诞辰六百余年了。

题大方斗姥阁

千年白果入高天，常观天上月

一股清泉流大地，久润地中金

原载《乌蒙诗刊》（总第 96 期）

四、居室类

1. 民居

题新居

万里无云，正气升寰宇

千年有德，华堂出杰人

原载《中国楹联报》（总第328期）

又

新屋红霞映

芳春紫燕来

又

乔迁逢吉日

喜贺谢良朋

又

门前青竹茂

厅内墨兰芳

又

瑞气厅堂满

名花昼夜香

又

迁居乐奏迎宾曲

落座欣讴祝酒歌

前五副原载《对联·民间对联故事》（2004·10）

又

庭宽室雅留春住

地利人和待燕归

原载《中国楹联报》（总第 620 期）

居室联

窗开迎旭日

门启入春风

又

床边鲁迅书，三更阅读

壁上悲鸿画，八骏奔腾

前两副原载《中国楹联报》（总第 374 期）

客厅联

话逢挚友千言少

酒遇痴人半滴多

原载《中国楹联报》（总第 120 期）

2. 轩斋

书房联

足立书山上，拨开云雾摸明月

船游墨海中，穿过水波捉巨龙

原载《中国楹联报》（总第 151 期）

又

园中，竹菊梅兰迎我去

桌上，欧颜柳赵待谁临

原载《中国楹联报》（总第 255 期）

【简注】：此联根据黄文江先生的意见改为“园中，梅兰竹菊迎君去；桌上，柳赵欧颜待我临”。黄先生写成书法作品在中央电视台“书画频道”展播多日，其书法作品获优秀奖。

又

清风入室翻书卷

细雨飘窗落砚池

原载《中国对联年鉴》（2000 年卷）

又

开窗迎旭日

伏案写佳联

【校勘】：下联第四字，原为“诗”，现改为“佳”。

又

纸洁随毫舞

砚深任墨研

又

架存三国志

口占五言诗

前三副原载《中国楹联报》（总第 523 期）

又

手握长毫，篆隶真行草

口吟经典，诗词曲赋联

原载《对联学刊》（2005・1）

又

砚旁怀素草

壁上板桥兰

又

书山生万物

墨海渡千帆

又

室雅因书满

风香怪墨浓

前三副原载《乌蒙诗刊》（总第 65 期）

又

高山俯首书山下

大海称臣墨海旁

原载《中国楹联报》（总第 767 期）

又

万里扬帆，始知墨海珍珠美

四方找矿，顿悟书山宝藏多

原载《河南楹联》（总第 54 期）

又

室无书卷花钱买

家有砚田用笔耕

原载《乌蒙诗刊》（总第 85 期）

书斋联

读古文，开口之乎者也

铺宣纸，挥毫篆隶真行

原载《嘉风庆雨·金虎迎春》

五、行业类

1. 工业

题毕节卷烟厂

天生地造成，青山绿水环烟厂，厂纳洋洋喜气
地利天时住，盛世良机伴主人，人迎滚滚财源

原载《乌蒙诗刊》（总第 92 期）

题砖瓦厂

秦砖俯首三分逊
汉瓦无言一脸羞

原载《乌蒙诗刊》（总第 96 期）

题贵州董酒

草绿重头上
水清酉侧旁

原载《乌蒙诗刊》（总第 100 期）

2. 农业

环保联

气爽林深留鸟住

花香日丽引蜂来

原载《河南楹联》（总第 28 期）

又

河中水洁群鱼至

岭上林深众鸟来

又

草铺大地千山绿

水汇长江万里清

前两副原载《乌蒙诗刊》（总第 61 期）

又

鸟长鸣，浓烟何日止

鱼乱跃，浊水几时休

原载《河南楹联》（总第 36 期）

又

沟中无浊水

路上绝污泥

又

水清鱼跃远

气爽鸟飞高

又

绿水青山永在

飞禽走兽长存

前三副原载《乌蒙诗刊》（总第 78 期）

恶劣环境有感

一座秃山无宿鸟
半湖臭水葬游鱼

原载《河南楹联》（总第 44 期）

新农村

粮棉茶万亩
水电路三通
又
米酒千坛醉
村茶一碗香

前两副原载《对联·民间对联故事》（下半月，2009·3）

3. 政界

领导办公室门用联

揭短迎君进
歌功逐客回
又
桌上公文刚阅
心中对策已成

前两副原载《中国楹联报》（总第 382 期）

4. 军界

军 事

万马驰疆土

千军护国门

又

七尺男儿离故里

三军战士守边陲

前两副原载《对联·民间对联故事》（2005·8）

5. 教育界

教育联

尊师强国本

重教富民基

原载《对联·民间对联故事》（上半月，2006·9）

校门用联

誓炼真金铺旷野

欲栽大木柱长天

原载《中国楹联报》（总第721期）

【简注】：此联是应“园丁杯”征联落选联。下联是征联单位的出句（借杨昌济先生的原句）。

6. 文化界

图书馆用联

馆阔藏天地

书多蕴古今

原载《中国楹联报》（总第255期）

六、题赠类

1. 自题

自 题

半房破烂

两袖清风

原载《贵州党风》（1992·12）

自 警

切忌闲烟闷酒糊涂药

甘当忍气宽心睿智人

原载《乌蒙诗刊》（总第35期）

自 勖

桩桩错事低头认

句句良言洗耳听

原载《乌蒙诗刊》（总第40期）

自 嘲

一副贫穷相

三餐杂糙粮

原载《河南楹联》（2009·1—2）

2. 赠人

赠道班工人

粉身碎骨，甘当铺路石
沐雨栉风，愿做清道夫

原载《中国交通报》（第 18 号）

【简注】：这是我人生中变为铅字的第一副对联。

藏头格

瑞草生灵地
环球出杰人

原载《对联·民间对联故事》（1994·1）

赠书法爱好者

挥毫十载应知短
入木三分不觉深

原载《中国楹联报》（总第 131 期）

【简注】：此联由山东东营刘宝麟先生书写，给刘思睿收藏。

赠友人

室内无烟酒
腹中尽史诗

原载《中国楹联报》（总第 165 期）

又

两袖清风满

一生好事多

原载《中国楹联报》（总第 231 期）

又

口言壮志豪情语

笔写惊天动地文

原载《乌蒙诗刊》（总第 62 期）

赠雕刻家

刀下无坚石

心中有篆书

原载《中国楹联报》（总第 180 期）

又

不求刀下一分利

唯刻石中千载名

原载《中国楹联报》（总第 371 期）

【简注】：此联请郭祥福先生书写，赠鲁国荣先生。

又

石坚刀锐利

心正印端庄

原载《中国楹联报》（总第 708 期）

赠大方电视台工作人员

脚踩浓云头顶月
身临广宇手撑天

原载《乌蒙诗刊》（总第 46 期）

又

皓月过头边，吴刚敬酒
祥云飘脚下，仙女献花

原载《乌蒙诗刊》（总第 48 期）

赠书法家

浅砚加深知气韵
长毫变短见功夫

原载《中国楹联报》（总第 371 期）

赠对联爱好者

对千年绝句，还古人文债
联四海嘉宾，结今世友情

原载《乌蒙诗刊》（总第 49 期）

赠吴文俊院士

文盖世
俊超群

【简注】：吴文俊，当代著名数学家。曾荣获国家最高科学技术奖。

赠袁隆平院士

美名扬盛世

良种播环球

前两副原载《中国楹联报》（总第 415 期）

【简注】：袁隆平，当代著名水稻专家。曾荣获国家最高科学技术奖。

赠青年朋友

心记五车书，通文达理

手挥三尺剑，练武强身

原载《中国楹联报》（总第 481 期）

赠徐平同志

三年饱吃酸甜苦

百姓齐扬德智功

载《对联·民间对联故事》（2002·9）

【简注】：1. 徐平，女，贵州科学院高级工程师。1995—1998 年，挂任中共大方县委常委、县人民政府副县长。2. 此联请臧学达先生书写赠送。

又

贤人重病离身去

盛世春风扑面来

载《对联·民间对联故事》（下半月，2009·3）

【简注】：此联由安徽黄山汪庆誉先生书写赠送。

双钩格

锦绣千山永

涛流万世清

原载《乌蒙诗刊》（总第 61 期）

寄语台胞

躬身共祭炎黄祖

携手同游日月潭

原载《乌蒙诗刊》（总第 69 期）

赠方留聚先生

聚精品

留美名

原载《留芳聚草》

【简注】：方留聚，中国楹联学会副会长。

赠教师

昔日位列君亲后

今日名排乙丙前

原载《中国楹联报》（总第 752 期）

赠黄蓓

三春蓓蕾争先放
九月黄花待后香

原载《乌蒙诗刊》（总第 81 期）

赠吴玉海先生

玉润值千金，迎来万客
海深藏万物，吸引千帆

原载《阳山海市》（第 29 期）

赠沈晓春同志

晓月荷塘满
春天故事多

【简注】1. 沈晓春，时任中共大方县委书记。2. 此联请金沙竹云先生书写赠送。

赠李玉平同志

坚石能攻玉
穷山可削平

前两联载《中华嵌名联大观》

【简注】：1. 李玉平，时任大方县人民政府县长。2. 此联由金沙竹云先生书写赠送。

赠臧学达先生

学书钟翰墨
达顶摘星辰

原载《乌蒙诗刊》（总第 91 期）

【简注】：臧学达，中学教师。曾任大方县书协副主席，贵州书法协会会员。

赠刘伟龙、杨孝春

龙腾广宇千年瑞
春到人间万物苏

载《春风万里 四海腾龙》

【简注】：此联请臧学达先生书写。龙年可作春联用。

赠打工者

布衣晨露湿
汗脸晚风亲

原载《乌蒙诗刊》（总第 96 期）

嵌“雷声”（击剑）

花剑扬寰宇
雷声震体坛

嵌“李晓霞”（乒乓球）

霞光千里远
晓月九霄高

嵌“林丹”（羽毛球）

林深藏锐气
火旺练金丹

嵌“马龙”（乒乓球）

越野腾空千里马
翻波击浪一条龙

前四副原载《中国冠军嵌名联大全》

赠杨文敏、傅义书

文才出众知仁义
敏捷超群懂史书

【简注】：杨文敏，女，是我修大纳公路时的得力助手。与傅义书结婚时，作此联请李葆春先生书写赠送。

赠竹云先生

参天立地千竿竹
伴月横空万朵云

【简注】：竹云，真名张定才，金沙人，联墨双馨。

赠刘敬烈、周训美

披荆独闯艰辛路

展翅双飞广阔天

【简注】：此联由安徽黄山汪庆誉先生书写。

代伟梧、小燕赠友人

君如李白乘舟去

我似汪伦踏岸来

3. 格言

格 言

窗前要种虚心竹

灯下应翻警世书

原载《河南楹联》（总第 29 期）

【简注】：此联由安徽黄山汪庆誉先生书写给刘智、康朝宏。

又

多读诗书识广

远离名利心宽

原载《河南楹联》（总第 33 期）

【简注】：此联由安徽黄山汪庆誉先生书写给伟梧、小燕。

又

志大心宽藏日月

天寒地冻学松梅

原载《河南楹联》（总第 35 期）

又

跨海全凭真本事

登山要靠硬功夫

原载《河南楹联》（总第 39 期）

又

前程本是崎岖路

古训原为警诫言

又

常游白浪清波里

忌走污泥浊水中

前两副原载《对联·民间对联故事》（下半月，2007·11）

言 志

顽石能攻玉

良书必育人

原载《中国楹联报》（总第 231 期）

又

入云始见群山小

潜水方知大海深

原载《乌蒙诗刊》（总第 40 期）

【简注】：此联由金沙竹云先生书写给伟梧、小燕。

又

年长月久水穿石

志壮心雄柔克刚

原载《中国楹联报》（总第 341 期）

又

青春留不住

盛夏去还来

原载《乌蒙诗刊》（总第 58 期）

又

昂首通途，牢记虚心竹

躬身逆境，常思傲雪梅

原载《河南楹联》（总第 34 期）

又

路曲行人正

身高照影斜

原载《乌蒙诗刊》（总第 61 期）

又

遍踏深山无悔药

勤翻古籍有偏方

原载《乌蒙诗刊》（总第 71 期）

又

仰视苍天，不将志向随风转

俯首碧海，莫把时光付水流

原载《对联学刊》（2005・1）

又

莫嫌知识贫，观今阅古

何恨良书缺，积少成多

原载《河南楹联》（总第 41 期）

又

心要宽，心宽藏碧海
志须大，志大上蓝天

原载《乌蒙诗刊》（总第 82 期）

哲 理

树矮难登顶
山高可达峰

又

本同根，官民无贵贱
均是水，云雾有高低

前两副原载《中国楹联报》（总第 329 期）

又

指摘如良药
恭维似软刀

原载《乌蒙诗刊》（总第 51 期）

又

失败常随无志者
成功总伴有心人

原载《中国当代对联文库》

又

足下征程远
眸中视野宽

原载《河南楹联》（总第 52 期）

【校勘】：下联第一字，编辑由“眸”改为“心”。现改为“眸”。

【简注】：此联请郭祥福先生书写，赠送战友王凯的女儿王映红和女婿刘飞。

又

沉浮由水主

褒贬任人言

原载《河南楹联》（总第 53 期）

又

树有高低比

人无贵贱分

又

临帖并非行旧道

移山本是辟新程

又

千程大道从零起

万卷良书逐页翻

前三副原载《乌蒙诗刊》（总第 97 期）

勖勉

良书床上有

悔药世间无

【校勘】：上联第三字编辑改为“架”，现改为原稿“床”。

又

微词非厚礼

警句实名言

又

大禹精神宜治水

愚公意志好移山

又

警世文章翻白遍

做人准则记千条

前四副原载《对联·民间对联故事》（2004·11）

警 策

少变多，微尘填万壑

长含短，寸步走千程

原载《河南楹联》（总第40期）

修 身

宁饮浓茶长夜读

何贪烈酒整天眠

原载《河南楹联》（总第45期）

七、喜庆类

1. 春联

通 用

鸟鸣二月飞千里

日照三人到万家

原载《庐阳新春联》

又

春字贴门迎吉利

竹君传语报平安

又

百年盛世从零起

万里春风再度来

前两副原载《新世纪新春联精编》

又

春风又绿江南岸（宋·王安石）

旭日重辉塞北山

原载《国泰民安 瑞猪迎春——全国“春联吐故纳新”第三期工程佳联选粹》

又

屋檐常宿吉祥鸟

园圃齐开富贵花

原载《河南楹联》（2010 年下半卷）

辛卯年

庚寅陡减守株者

辛卯频增爱兔人

原载《中国楹联报》（总第 946 期）

辰 年

龙来兔走迎新岁

冬去春回送旧年

原载《中国楹联报》（总第 353 期）

又

龙藏绿水青山里

春在和风细雨中

原载《春风万里 四海腾龙——全国“春联吐故纳新”第八期工程佳联选粹》

巳 年

龙年歌大有

蛇岁绣中华

原载《中国楹联报》（总第 403 期）

午 年

喜迎千里马

乐咏九州春

原载《河南楹联》（总第 27 期）

又

家家满贴悲鸿画
个个齐描赤县春

原载《中国楹联报》（总第456期）

又

去岁《金蛇狂舞》
今年《骏马奔腾》

原载《中国楹联报》（总第1118）期

【校勘】：把引号改为书名号。

酉年

竹报平安鸡报晓
花开富贵岁开春

原载《中国楹联报》（总第613期）

戌年

口讲春天故事
耳听戌岁新闻

又

日丽风和春永驻
民安国泰犬长眠

前两副原载《国恩家庆 玉犬闹春——全国“春联吐故纳新”工程佳联选粹》

边防哨所

万里春风留哨所

千年晓月照边关

原载《河清海晏 灵鼠沐春——全国“春联吐故纳新”第四期工程佳联选粹》

畜牧业

春风生瑞草

旭日暖群羊

幼儿园

春天花朵艳

节日气氛浓

监 狱

墙外春风迎我笑

家中老母盼儿归

前三副原载《风调雨顺 勤牛耕春——全国“春联吐故纳新”第五期工程佳联选粹》

2. 贺联

贺金沙县志审稿会

精心修县志

巧手绘宏图

原载《玉屏诗刊》（1996·1）

又

一部金沙志
千人汗马功

原载《贵州楹联》（第9期）

贺《河南楹联》扩版

黄河岸上联花艳
赤县书中对句多

原载《河南楹联》（总第24期）

祝贺地区诗词楹联学会乌蒙诗社壬午年会

马岁群贤齐聚会
羊年杰作大增添

原载毕节地区乌蒙诗社·诗词楹联学会壬午年会会刊

贺《中国楹联报》出版500期

联界权威报
文坛锦绣花

又

岁逢双八，人人祝贺
期到半千，处处宣扬

前两副原载《中国楹联报》（总第499—500期）

祝贺党的十六大召开

祝贺党中央开大会
聆听新世纪发强音

原载《乌蒙诗刊》（总第56期）

又

盛会佳音传九域
春天故事讲千年

原载《河南楹联》（总第31期）

贺河南楹联学会成立十周年

黄河九曲流千古
联报一张赠万人

原载《中州联苑红胜火》

贺《六龙诗词》

灵地宽千里
杰人满六龙

原载《六龙诗词》《龙中诗刊》（合订本）(2006·10)

贺毕节公路管理局办公大楼落成

树新风，人和升正气
逢盛世，地利建高楼

原载《乌蒙诗刊》（总第75期）

【简注】：此联请臧学达先生书写赠送。

贺毕节试验区

试验成经典

功劳记汗青

又

喜看稻菽千重浪（当代·毛泽东）

忙绘山河四季青

又

横看乌蒙景，青山绿水

纵观试验区，覆地翻天

前三副原载《乌蒙诗刊》（总第 79 期）

贺乌蒙诗社成立二十周年

诗刊远送三千里

椽笔精编二十年

原载《庆祝贵州省毕节地区乌蒙诗社成立二十周年》

【简注】：此联由黄文江先生写成书法作品贺。

贺中楹会荣获全国先进社团称号

应知厚礼千斤重

须作佳联万副多

原载《中国楹联报》（总第 908 期）

贺《乌蒙诗刊》满百期

刊物百期传百世
韦编三绝逊三分

又

若无编辑三更苦
哪有诗刊百卷香

原载《乌蒙诗刊》（总第 100 期）增刊

贺大方一中《云龙诗苑》创刊

云伴雏鹰飞万里
龙藏宝地瑞千秋

【简注】：请黄文江先生书写。

3. 婚联

刘伟志、胡贤芳洞房联

伟男应立志
贤女该流芳

载《对联·民间对联故事》（1994·3）

婚 联

只要同舟共济
何须举案齐眉

原载《中国楹联报》（总第 768 期）

又

红叶题诗诗有味

蓝田出玉玉无瑕

载《中国当代对联文库》

【简注】：友人次子结婚，受托用于洞房门喜对。

刘珣、李书琳洞房联

郎迎淑女，真心实意

女敬贤郎，举案齐眉

载《嘉风庆雨 金虎啸春——全国“春联吐故纳新”第六期工程佳联选粹》

刘军、徐丽华洞房联

秦地花尤好

黔天月正圆

【简注】：徐丽华，女，陕西彬县人。

未用的婚联

家迎贤媳至

国庆澳门归

【简注】：此联本是为侄孙刘祖烈结婚时（澳门回归后数日）用于堂屋门的喜对。惜某种原因未用成，有遗珠之憾。

4. 寿联

祝教师七十寿辰

三千弟子神州满

七十春秋寿酒香

原载《中国楹联报》（总第 230 期）

【简注】：此联原是为王继明先生（我小学时的校长）古稀寿而作，因某种原因未使用。先生八十寿辰时，向我索联。我将此联“七”改为“八”。承蒙贵阳戴明贤先生书写。

贺周碧藩同志七十寿辰

碧野千秋美

藩篱万丈高

原载《乐翁贺集》

【简注】：周碧藩，部队退休干部，不相识。一九九九年七十大寿，面向全国征贺诗贺联，我以此联贺之。

百 寿

家中静坐期颐祖

膝下常围不惑孙

通 用

杯里满斟长寿酒

口中尽唱永康歌

前两副原载《对联·民间对联故事》（上半月，2006·7）

代他人撰写王朝阳先生八秩寿联

八秩安康悦

三多福寿男

代功远兄撰写章本华同志古稀寿联

七旬杨本色

三代满华堂

八、哀挽类

1. 挽群体

悼驻南斯拉夫大使馆三烈士

灵魂归故里

热血洒他乡

原载《中国楹联报》（总第 322 期）

【简注】：三烈士：邵云环、许杏虎、朱颖。

2. 挽个人

通 用

灵前落泪行丧礼

柩侧低头忆故人

原载《中国楹联报》（总第 186 期）

【简注】：此联，一九九八年秋，三叔父作古，用于灵堂。

又

大地千山默

高天百鸟哀

又

哀乐声声催眼泪

悼词句句感人心

前两副原载《对联·民间对联故事》（上半月，2013·4）

二哥灵堂用联

办事认真，已将美德留沙厂

待人诚恳，再把丹心献竹园

【简注】：二哥从解放初期，就在沙厂区工作到退休。

二哥灵堂内用联

弯腰重步三堂苦

跪膝伤心四代哀

挽邓小平同志

巴山有泪全军哭

蜀水无言举国哀

原载《中国楹联报》（总第 207 期）

二嫂灵堂用联

以前常见慈祥面

今后断闻教诲声

二嫂灵堂内用联

三亲悯我伤心泪

八月躬身孝女情

三叔母灵堂用联

灵堂静卧三朝老

棺椁齐围百里亲

【简注】：三叔母生于宣统三年（1911），故称“三朝老”。

刘敬烈外祖父灵堂用联

寿终九二贤孙满

友聚三千赞语多

代罗秀梅、刘煜挽父

默首灵前承大德

立身柩侧仰高风

3. 自挽

盖棺思往事，过少功多常乐

入土问前程，松青草茂永安

原载《对联·民间对联故事》（下半月，2008·6）

4. 墓碑

通 用

佳城永照三更月

吉地长眠万古人

原载《中国楹联报》（总第516期）

大发伯天祖

重修古墓家家旺

再立丰碑代代兴

【简注】：伯天祖，生卒年月不详。只知原墓碑立于清咸丰四（一八五四）年，三月初九。今后辈修葺坟墓，重立墓碑。家族中一位长辈嘱我作此墓碑联。

二　嫂

祯石砌成千古墓

明星照亮九重天

三　嫂

清风久伴藏龙地

紫气常升卧虎山

四　嫂

地造罗盘归眼底

天升赤日照坟前

【简注】：坟前有一圆形地，当地称为罗盘。

陈文仙女士

四围宿草年年茂

百代贤孙个个安

前四副原载《对联·民间对联故事》（上半月，2010·4）

杨开英女士

虎卧香山松柏茂

龙藏吉地子孙贤

【简注】：康肇珍先生托我作此联时，务必嵌“香山”、“吉地”四字。

吴维汉先生

曾修铁道三千里

静卧黔山一万年

【简注】：吴维汉先生，一生主要从事铁道修建工作。

堂弟媳章正芬

九天七宿明碑上

一女三男拜墓前

康肇珍先生

碑前草地贤孙祭

墓后青山紫气升

【简注】：康肇珍先生，曾任我县计委主任多年。杨开英女士是其夫人。

刘功全堂兄（与刘伟龙合作）

归根故里平生愿

入土先贤永世安

欧家刚

先严瞑目千年卧

后辈成才万里行

【简注】：欧家刚，刘昕烈岳父。

九、巧妙类

1. 谐趣

趣 联

酒饮“千杯少”

声传“万里多”

【简注】：千杯少——酒名。万里多——我县人名。

又

“白兰地”里藏名酒

“红塔山”中出好烟

【简注】：白兰地——酒名。红塔山——烟名。

前两副原载《中国楹联报》（总第 218 期）

又

腹内文，文藏肚里，开肠无字觅

水边树，树映河中，缘木有鱼求

原载《中国楹联报》（总第 275 期）

又

马拉松赛跑

牛得草耕耘

又

月照三更，谁能入水邀明月

风吹万里，我可挥毫画疾风

前两副原载《乌蒙诗刊》（总第 43 期）

又

春秋季节，重抄《子夜》

子夜时分，再读《春秋》

原载《中国楹联报》（总第359期）

又

雪满山，狗踏梅花落

尘铺地，鸡行竹叶垂

原载《中国楹联报》（总第365期）

又

赤兔原非兔，马驰九野

玉羊不是羊，月照三更

原载《乌蒙诗刊》（总第58期）

又

四市无声静

三山有树幽

又

画饼充饥，不如临米贴

望梅止渴，更次读茶经

前两副原载《乌蒙诗刊》（总第64期）

【简注】：此联化用“夜读茶经能止渴，朝临米贴可充饥”而得。

又

宿红楼，再读《红楼梦》

居陋室，重镌《陋室铭》

原载《河南楹联》（总第37期）

又

因花放，杜鹃常宿杜鹃树
怪水淹，鹦鹉早离鹦鹉洲

原载《乌蒙诗刊》（总第 72 期）

又

左右房间居左右（对句）
高低杠上见高低（出句）

原载《对联·民间对联故事》（下半月，2010·6）

又

万紫千红，百花铺就十方锦
一川二岭，三色绘成四季春

原载《对联·民间对联故事》（下半月，2013·1）

2. 嘲讽

反腐联

山中野果王猴占
库内存粮硕鼠偷

原载《中国楹联报》（总第 310 期）

又

银蛇吞硕鼠
铁铸锁贪官

原载《乌蒙诗刊》（总第 50 期）

赠吹拍者

吹牛拍马头皮硬
处世为人水准低

原载《乌蒙诗刊》（总第48期）

赠异想天开者

西方日出名才就
北极冰消事始成

原载《中国当代对联文库》

贪 官

启歪门，昨日横财进
伸恶手，明天铁铐来

原载《河南楹联》（总第36期）

斥不孝子

妻前常俯首
母侧总横眉

原载《河南楹联》（总第43期）

题烧香磕头者

快起来，应行正道
速回去，莫走邪门

原载《河南楹联》（总第48期）

春联陈旧有感

年年“生意兴隆通四海”

户户“财源茂盛达三江”

原载《乌蒙诗刊》（总第 75 期）

嘲 讽

我言包二奶，痛心疾首

谁见第三者，切齿咬牙

原载《对联·民间对联故事》（下半月，2008·12）

廉政联

乱用权，造成千古恨

反思过，致使一人悲

原载《中国楹联报》（总第 895 期）

题贪官宅

紫燕终离去

清风永不来

原载《乌蒙诗刊》（总第 92 期）

3. 无情对

手捧唐三彩

心思李四光

原载《乌蒙诗刊》（总第 50 期）

又

水竹
波兰

又

飞白
落红

又

短路
长堤

又

老舍
新房

又

提干
培根

前五副原载《无情对品趣》

又

求偶
买单

又

作曲
转弯

又

刷卡
攻关

又

诗眼

歌喉

前四副原载《对联·民间对联故事》（下半月，2008·4）

又

木本

草书

又

实干

虚根

前两副原载《对联·民间对联故事》（下半月，2008·8）

十、文艺类

艺术作品（画配联）

北大荒明月

我望三更月

谁知两地情

原载《中国楹联报》（总第 342 期）

观月图

清风醉我能邀月

翠竹传情可写诗

原载《中国楹联报》（总第 380 期）

春江晨曲

短笛长鸣千首曲

轻舟已过万重山（唐·李白）

原载《中国楹联报》（总第 416 期）

松竹梅

意雅情深志大

松青竹翠梅香

原载《东风诗书画》（总第 12 期）

【简注】：此画是艺术大家马萧萧先生作品。配联要求嵌“松、竹、梅”三字。

农家乐

她在丛中笑（当代·毛泽东）

果于树上悬

原载《中国楹联报》（总第 435 期）

周荣生画

国色香千里

笛声上九霄

原载《中国楹联报》（总第 483 期）

春风秋雨

春风迎百虎

秋雨润千山

原载《中国楹联报》（总第 502 期）

怒江索道

高空仙女下

深谷浪花飞

原载《对联·民间对联故事》（下半月，2006·9）

古塞之车

重行万里丝绸路
再赞千年古塞车

原载《对联·民间对联故事》（下半月，2008·10）

墨 香

字正三分入木
墨浓八闽飘香

原载《对联·民间对联故事》（下半月，2009·1）

十一、集句类

1. 半集句

离家始觉门庭窄
登顶方知世界低（唐·智亮）

原载《中国楹联报》（总第272期）

又

相送情无限（唐·韦应物）
重逢日有期

又

知马要行千里路
辨材须待七年期（唐·白居易）

前两副原载《中国楹联报》（总第310期）

又

九州热地生灵草
一片冰心在玉壶（唐·王昌龄）

原载《中国楹联报》（总第316期）

【简注】：冰心，当代著名作家。热地，时任西藏自治区人大常委会主任，后任全国人大常委会副委员长。

又

宋代先修三字狱
人间始重万言书（当代·杨启宇）

又

冢上已深三宿草（当代·杨启宇）
碑前竞折万人腰

前两副原载《中国楹联报》（总第378期）

又

风吹海浪千重碧
日破云涛万里红（当代·江泽民）

原载《中国楹联报》（总第470期）

又

沉舟侧畔千帆过（唐·刘禹锡）
落叶周围百草生

又

危房后面千般景
病树前头万木春（唐·刘禹锡）

前两副原载《乌蒙诗刊》（总第98期）

2. 半摘句

明月松间照（唐·王维），偷光树下
清泉石上流（唐·王维），饮水溪边

又

楼观沧海日（唐·宋之问），红霞万朵
门对浙江潮（唐·宋之问），白浪千层

前两副原载《中国楹联报》（总第292期）

又

凤舞龙飞，笔落惊风雨（唐·杜甫）

字斟句酌，诗成泣鬼神（唐·杜甫）

原载《中国楹联报》（总第316期）

又

远卫边陲，烽火连三月（唐·杜甫）

遥思故里，家书抵万金（唐·杜甫）

原载《中国楹联报》（总第376期）

3. 摘句

山重水复（宋·陆游），沉舟侧畔千帆过（唐·刘禹锡）

柳暗花明（宋·陆游），病树前头万木春（唐·刘禹锡）

原载《中国楹联报》（总第295期）

十二、杂题类

1. 征联

关门垭隧道征联

（优秀奖）

关门阻塞千秋错

隧道开通万代功

原载《新场衢隧道集》

毛主席诞辰百年征诗联

百年巨匠名千里

五卷雄文照万家

又

西江月下，井冈山中闻鼓角

北戴河边，秦皇岛外换人间

前两副原载《毛泽东诞辰百周年诗集》

【简注】：此征联，我县宣传部举办。

“魏源杯”全国征诗征联大赛

（优秀奖）

默识千年史

深藏万卷书

原载《魏源杯诗联集萃》

【简注】：默深，魏源的字。

沈阳糖酒副食品征联

初至沈阳，逛市游街，到总公司作客

再回乡里，购糖买酒，捎副食品归家

原载《沈阳糖酒副食品新楹联集》

【简注】：征联要求嵌“沈阳市糖酒副食品总公司”。

【校勘】：上联二字“来”改“至”，下联第二字“返”改“回”，下联倒数二字“回”改“归”更为合律。

炎帝陵全国征联

（优胜奖）

哲人千古神农氏

灵地三湘白鹿原

原载《寻根都向此间来》

黄帝陵征联

千秋先哲长眠地

九域后人永拜君

原载《中华魂》

【校勘】：上联第二字，“世”改“秋”，下联第二字“州”改“域”。

金三元征联

自撰（入围）

一屋黄金谷

三元白玉猪

【简注】：“三元白玉猪”系该该酒家一种名糕点。

对 句（入围）

一诺千金，百味佳肴情万缕（出句）

六彝五色，九州美酒冠三元（对句）

前两副原载《金三元企业文化系业丛书》

【简注】：征联要求，对句必须嵌“三元”二字

“祖国颂”全国大征联

民安食足歌江总

国泰衣丰忆邓公

又

五旬大庆，神州巨变

一代小康，经济腾飞

前两副原载《对联·民间对联故事》（1999·5）

《海峡联鸿》征稿

（茶文化旅游节）

待客茶当酒

提神酒逊茶

原载《海峡联鸿》（2000·1）

“力强杯”迎春全国有奖征联

（优秀奖）

妙手回春知药力

强人治病见功夫

原载《力强之春全国征联大赛作品集》

【简注】：征联要求嵌“力强”二字。

《岭南诗联》出句征对

（三等奖）

世纪情怀如旭日(出句)

人民意气似春风（对句）

原载《岭南诗联》（总第51期）

南阳海内外征联

组织部用联

试玉烧三日，以往多名士

辨材待七年，而今满杰人

【简注】前五言由白居易“试玉要烧三日满，辨材须待七年期”演化而来。

又

公墓用联

回首想当年，过少功多常乐

静心思此日，冢青草茂久安

前两副原载《南阳海内外征联集锦》

《中华当代咏酒诗联选》征稿

五粮液

玉液香千里

宜宾满五粮

又

西凤酒

西行陇地春风伴

风落秦山玉酒迎

【校勘】：下联第三字，由“华”改“秦”与“陇”相对。

前两副原载《中国当代咏酒诗词对联选》

炎帝陵征联

洣水滋三湘沃土

炎陵荫万世贤孙

原载《炎帝陵征联选》

“苍山杯”征联

苍天潜碧海

紫气绕青山

又

大理明珠，一泓洱海三千客

中华美景，百里苍山十九峰

前两副原载《大理苍山联粹》

“杏花节”征联

（优秀奖）

联贺杏花节

杯斟竹叶青

原载《延庆诗联选》

“利君杯”纪念西安事变65周年海内外征联

张杨壮举垂千古

中外良言话二君

原载《征联集粹》

涟源建置双庆征联

（优胜奖）

源头汩汩三湘润

涟水滔滔百世清

原载《涟水联珠》

“纪念中国环境保护事业开创三十周年”征联

（入围）

亟盼蓝天升紫气

渴求绿水绕青山

原载《河东楹联》（第19期）

“新世纪杯海内外楹联大赛”征联

世纪强音三代表

神州大地一春雷

又

铭刻人心三代表

迎来奥运五环旗

前两副《新世纪优秀楹联集锦》

川陕苏区将帅碑林征联

神魂归故土

血肉筑长城

原载《楹联长廊联集》（续二）

全国税收有奖征联

粮丰物阜民心稳

税足财多国力强

原载《全国税收征联作品集粹》

“爱女孩行动”征联

（入围）

已有千金女

不思七尺男

原载《河东楹联》（总第 24 期）

“联咏徐霞客”征稿

霞映千条水

客游万座山

又

梅花品格三冬见

霞客精神万世传

前两副原载《联咏徐霞客》

“金猴杯”海内外春联大赛

（优秀奖）

赤县欢歌，行行登甲第

金猴起舞，处处庆申年

原载《春联宝典·2004甲申卷“金猴杯”海内外春联大赛获奖作品集》

“天门杯”暨首届《对联学刊》读者楹联大赛

（入围）

学校大门

此界风光名四海

该门弟子甲三湘

又

天光永照张家界

门里深藏报国人

图书馆

人间话语书说尽

天上星辰馆纳完

教 室

个个恩师，栽桃育李

莘莘学子，作柱成梁

前四副原载《情思天门》

“艺林杯”婚寿喜庆楹联大赛

娶联（优秀奖）

室有千金盼

门迎半子来

寿 联

（优秀奖）

挥毫书寿字

把酒贺龟龄

前两副原载《中华当代婚寿喜庆楹联宝典》

“达浒花炮杯”征联

（入围）

朵朵烟花照九霄，寂寞嫦娥舒广袖

声声鞭炮传千里，和谐社会起欢歌

原载《中国浏阳花炮对联集》

“云鹤杯”暨“东风杯”海内外征联

（优秀奖）

北国三春到

东风万里来

（入围）

天上群星朝北斗

人间大众喜东风

前两副原载《东风赞》

“海峡杯”征联

九州后代如胶漆

两岸前程似锦花

原载《情系海峡、两岸和平诗词大典》

望海楼全国征联

楼上远观天下海

海边近望水中楼

原载《望海楼》

“永春堂杯”征联

（入围）

银杏制成长寿药

金杯授给永春堂

原载《银杏联吟》

香山红叶杯征联

清风忌进贪官宅

邪道常行索贿人

原载《清风雅韵》（下卷）

“井冈山杯”征联

（特别优秀奖）

忆曩时，井冈山上星星火

看今日，华夏域中处处歌

原载《首届中国红色之旅“井冈山”文学艺术大奖作品集》

“月意怀恩杯”征联

（入围）

举杯致意一轮月

颂德怀恩三伟人

原载《月意怀恩杯征联集锦》

“泰毫杯”征联

庭宽修竹茂

山险古松坚

又

山幽谷静江沉月

道远人强足上天

前两副原载《诗风墨韵传千秋》

【简注】：1. 黄庭坚喜爱潜山峪石牛洞的幽静，故用“山幽谷静”。2. 黄的名句：“落木千山天远大，澄江一道月分明”，故用“江沉月”；黄的号是“山谷道人”。

鄂东李时珍中药抗衰老研究所征联

百草能防老
单方可抗衰

原载《梅城联萃》（总第 11 期）

贵州省罗甸县望月楼征联

（优秀奖）

肃穆庄严，烈士长眠长望月
馨香馥郁，清风永驻永临楼

原载《贵州楹联》（2007·2）

“铁军杯”全国征联

六十春，根根铁轨通天下
万千里，列列长龙舞国中

原载《“铁军杯”全国征联大赛作品集》

【简注】：征联单位是原铁道兵的一个团。余曾在铁道兵部队工作二十五年，应征不是重在参与，而是情深意长。

“徐州名胜古迹”征联

邀月亭左右入口

（优秀奖）

举杯邀月亭中醉
谈古颂今心上愉

【简注】：只收到徐州市人民政府寄来的获奖证书。因应征二副，自己比较，获奖作品应是此副。题“百步长廊”的应征联是：“百步长廊行百步，千年古迹赏千年。”

“召公杯”征联

辅佐成王安社稷
关怀黎庶得人心

原载《清风雅韵》（楹联卷）

“牡丹杯”全国廉政楹联大赛征稿

约法三章，政纪人人守
神州万里，廉风处处飘

原载《清风廉韵》

赵尚志诞辰100周年暨颅骨回乡安葬征联

颅骨归乡里
精神播国中

原载《纪念赵尚志诞辰一百周年楹联集》

国酒茅台海内外征联

时逢盛世茅台醉
梦遇佳人赤水游

原载《联苑国花》

“讲道德，论修养”征联

道远千程先起步

德高万丈再升空

原载《智行之道》

“交通杯”征联

四通八达三门峡

万物千车一路歌

原载《交通给力》

“圣地杯”征联

万国倾狮岭

千祥伴虎眠

原载《中国盘古王文化楹联集锦》

毕节“庚寅年中秋老年节”征联

（鼓励奖）

玉盘圆在中秋夜

青竹挺于晚节时

原载《传统节日楹联集粹》

河南卫辉市“住建杯”全国迎春征联

日映长天刚化雪（对句）

星辉大地正逢春（出句）

又

日丽风和迎玉兔（对句）

诗情画意贺新年（出句）

又

水秀天蓝，风调雨顺(出句)

人和地利，果硕仓盈（对句）

前三副原载《牧野诗词楹联》（总第5期）

湖南郴州北湖区龙女寺征联

方丈楼

方寸禅心静

丈楼偈语清

原载《郴州龙女寺楹联书法》

壬辰“中天杯”征联

春临大地家和顺

龙跃中天国吉祥

原载《龙腾盛世》

六合书屋征联

藏书楼室

大省列三湘，馆阔藏天地

高山推二酉，书多蕴古今

原载《六合书屋征联选》

【简注】：后五言是本人旧作。

全国咏酒对联创作大赛

茅 台

若无赤水千年澈

哪有茅台万国香

舍 得

舍出千坛酒

得来万贯财

前两副原载《中华酒对联大全》

“黄鹤楼”诗词楹联大赛

恨昔人乘我去

喜今日举杯来

【简注】：主办方只通知本人入选，由于未买书，不知是否撤稿？故把此联排在最后。

2. 杂联

读《对联学刊》有感

求联不怕三湘远

揽月何愁五岳高

原载《对联学刊》（2004·3）

赠毕节地区公路管理局

闲庭雅室清风满
峻岭崇山好路多

原载《乌蒙诗刊》(2005・3)

【简注】：1. 好路的多少，是衡量公路部门的一个重要指标。2. 请唐文荣先生书写赠送。

作文・改稿

作文不是抛砖引玉
改稿应求点铁成金

原载《河南楹联》（总第 42 期）

人名对

张千一（当代作曲家）
沈万三（明初巨富）

原载《河南楹联》（总第 50 期）

赞《阳山海市》

阳山藏白玉
海市聚黄金

原载《阳山海市》（第 34 期）

杂感

白雪无尘白

清官有德清

原载《乌蒙诗刊》（总第 35 期）

又

文山缺草留遗恨

会海无鱼落骂名

原载《中国楹联报》（总第 225 期）

又

世上应无三字狱

家中确有五车书

原载《中国楹联报》（总第 232 期）

又

应求翰墨千年好

莫要官衔一瞬荣

原载《中国楹联报》（总第 275 期）

【简注】：此联请我县杨世觉先生书写，曾在破烂书屋悬挂多年。惜保管不好，因潮湿而毁。

又

拓宽要借他山石

巩固应温我辈书

原载《中国楹联报》（总第 376 期）

又

叶恨秋风早

梅愁瑞雪迟

又

花落不随人意

事成须靠众心

前两副原载《中国楹联报》（总第 335 期）

【校勘】：前两联把联题“感言”归类“杂感”。

又

下笔千言无妙语

离题万里尽空文

原载《乌蒙诗刊》（总第 49 期）

又

驭手常骑千里马

良驹不遇九方皋

原载《中国当代传统文学选集·对联卷》

【简注】：此联根据郭华荣先生提供的素材而作。后请金沙竹云先生书写赠郭华荣先生。书法作品影印件郭先生用于大作《凋谢的蔷薇》一书扉页。

又

不共歪风藏角落

应随正气上云霄

原载《乌蒙诗刊》（总第 55 期）

又

月不登楼因竹密

灯常伴我怪书香

又

锦上添花，难香斗室

雪中送炭，确暖人心

又

心宽本是忧愁少

室窄原为卷帙多

前三副原载《中国当代对联文库》

【校勘】: 前三副编辑把联题统称“杂题”。因与“杂题类”同, 现归为“杂感”。

又

愚公愧到文山麓

精卫悔飞会海边

原载《河南楹联》（总第47期）

又

良书藏二酉

恶语锁千年

原载《乌蒙诗刊》（总第75期）

又

莫盼私囊何日满

应愁书架永年空

又

藤长尽绕无情树

脚短勤追有志人

前两副原载《乌蒙诗刊》（总第98期）

无题

一屋诗书画
三军海陆空

载原《中国楹联报》（总第105期）

【校勘】：原联题为“无情对”现改为“无题”。

又

一统军师旅
三分魏蜀吴

原载《中国楹联报》（总第227期）

【校勘】：原联题为“无情对”现改为“无题”。

又

水流千里涛声旧
花放一时气味香

原载《中国楹联报》（总第255期）

【校勘】：下联第二字，原为“落”，现改为“放”。

又

梅花落地香飘久
水气升天雨降宽

原载《中国楹联报》（总第267期）

又

山高树大迎风雨
识广心灵辨是非

原载《中国楹联报》（总第275期）

又

影到窗前知月出

声来枕上报鸡鸣

原载《中国楹联报》（总第288期）

又

风满门窗动

云浓日月藏

又

弦断音环绕

潮来水倒流

前两副原载《中国楹联报》（总第295期）

又

千枝暂宿无名鸟

破屋常居有志人

【简注】：此联黄文江先生书赠。

又

钩垂水里陪君乐

书放头边伴我眠

原载《中国楹联报》（总第341期）

又

山成两截因云断

树发千言怪鸟鸣

原载《乌蒙诗刊》（总第45期）

又

柳丝入水惊鱼去

竹叶摇空吓鸟飞

原载《乌蒙诗刊》（总第46期）

又

月移竹影临窗上

灯伴书痴入卷中

又

千帆渡水沉舟悔

万木逢春病树悲

前两副原载《中国楹联报》（总第386期）

【简注】：此联化用刘禹锡名句而得。

又

挥毫纸上成飞白

俯首园中赏落红

原载《扶风》（2001·2）

又

千年盛世蛇居首

五岳名山泰占先

原载《乌蒙诗刊》（总第50期）

【简注】：2001年是蛇（辛巳）年。

又

画笔画风空作浪

演员演戏假传情

原载《河南楹联》（总第26期）

又

山高遮日出

水浅碍船归

原载《乌蒙诗刊》（总第62期）

又

登山闻鸟叫

坐岸赏鱼游

又

影无知月落

帘动晓风来

前两副原载《乌蒙诗刊》（总第 67 期）

又

游鱼觅食河中，看清钓饵

落叶归根树下，认准祖宗

原载《河南楹联》（总第 46 期）

又

百灵鸟，空中百态

千岛湖，水里千姿

原载《乌蒙诗刊》（总第 77 期）

又

有节虚心竹

无瑕傲雪梅

又

粗茶解渴一壶少

淡饭充饥三碗多

前两副原载《乌蒙诗刊》（总第 80 期）

又

礁多水浅船难渡

树少山高鸟不飞

原载《乌蒙诗刊》（总第 81 期）

又

老树发新枝，年年依旧

今人行旧道，步步创新

原载《河南楹联》（总第 58 期）

又

佛道儒，三家各异

诗词联，一脉相通

原载《乌蒙诗刊》（总第 96 期）

3. 题咏

题松

三友我居先，谁知兰菊

四君谁占后，我问竹梅

原载《中国楹联报》（总第 163 期）

茶馆联

渴望茶，茶能解渴

愁思酒，酒不销愁

原载《中国楹联报》（总第 195 期）

邮票联

乾坤方寸缩

诗史半圆围

原载《中国楹联报》（总第 225 期）

【校勘】：把下联第四字“园”改为“圆”。

题 草

疾风刮地风中立

野火烧山火后生

原载《中国楹联报》（总第 235 期）

又

枯叶何愁燃野火

浅根只待起春风

原载《中国楹联报》（总第 481 期）

咏物联

雨后风停知草劲

春初雪化赞松坚

原载《中国楹联报》（总第 279 期）

【简注】：此联由安徽黄山汪庆誉先生书写，给刘伟垚、俸桂辉。

题竹梅

溪边绿竹迎风长

岭上红梅傲雪扬

原载《中国楹联报》（总第 289 期）

又

瘦竹参天立地，心空叶翠

残梅傲雪经风，本固花红

原载《中国楹联报》（总第 328 期）

咏 史

萧何月下追韩信

刘备隆中顾孔明

原载《中国当代传统文学选集·对联卷》

【简注】：1. 约在 1949 年前后，先父曾多次给我讲“萧何月下追韩信”的故事。1999 年 10 月 8 日凌晨醒，忆此事，对出下联。明为“咏史”，实为爱才、用才。2. 作为文化传承，请臧学达先生书写交刘祖烈收藏；由山东东营的刘宝麟先生书写交刘杰伊收藏。

又

火烧赤壁成三国

旗举金田震九州

原载《乌蒙诗刊》（总第 51 期）

狂 风

浪起舟颠桅断折

沙飞石走树弯斜

原载《中国当代对联文库》

题大方杜鹃花艺术节

杜鹃树上繁花艳

鹧鸪声中吉语多

原载《乌蒙诗刊》（总第 59 期）

题大纳公路山王庙遂道

半月挂山中，月照黔川路

千车穿洞内，车装富裕财

原载《乌蒙诗刊》（总第 69 期）

题大方漆器

万国倾心慕

千年刻意藏

又

先与商彝分伯仲

再同夏鼎决雌雄

原载《贵州楹联》（2006·3）

题大方和泰大酒店

地利人和财广进

民安国泰运亨通

【简注】：此店现已转卖他人，改名为“馨雅大酒店”。

题大方煤矿

地下乌金生利税

山中绿竹报平安

前两副原载《乌蒙诗刊》（总第 76 期）

咏前贤

报国安边，昭君出塞三千里

忠心赤胆，苏武牧羊十九年

原载《河南楹联》（总第 51 期）

题大方双山农家乐

进来未酒君先醉

出去流连我再回

原载《乌蒙诗刊》（总第 82 期）

忆李白

能邀明月沉杯底

已写诗文盖世间

原载《乌蒙诗刊》（总 85 期）

【校勘】：把联题“题李白”改为“忆李白”。

题《竹园乡志》

直笔修乡志

方兄满竹园

题《大方县志》

萧克将军作序

大方县志生辉

前两副原载《乌蒙诗刊》（总第 89 期）

【简注】：萧序是以信函邮寄的。不知何故，信寄到我的办公室，打开看后方知是“名序”，立即交有关人员。原件不知在何处？

题即将修建成贵快速铁路

何愁蜀地千程远

更喜黔山百丈高

原载《乌蒙诗刊》（总第 90 期）

【简注】：余曾任大方修该铁路的副指挥长。

题杭（州）瑞（丽）高速公路

一路欢歌紫气随，离别杭州闹市

满车笑语青山伴，飞奔瑞丽边城

原载《乌蒙诗刊》（总第 91 期）

题 马

伯乐眼中骏

悲鸿笔下神

原载《中华楹联报》（总第 72 期）

【简注】：原作是隐字联：悲鸿笔下，伯乐眼中。第五字是编辑加的。

【校勘】：编辑不用联题，现写上原联题。

题贵州毕节机场

赞邓公雄略，广宇航程远

记胡总盛情，银鹰展翅高

原载《乌蒙诗刊》（总第100期）

十三、栏目应对

1. 三级擂台

栏目说明：此栏目是《对联·民间对联故事》开设多年的栏目。分初、中、高三级。其间形式上有所变化。如有的时间又不分级别。

应对出句 2（中级）

知山莫若一溪水（出句）

明理何须万卷书（对句）

原载《对联·民间对联故事》（下半月，2006·1）

【简注】：从 2006 年起，此刊增加北京版，即下半月刊，与原来的太原版均为月刊，此栏目出句在上半月刊（太原版），对句在下半月刊（北京版）。后来，对出句均在下半月刊。从 2013 年起，下半月刊由太原出版。

应对出句 11（高级）

每读新书知识少（出句）

常翻旧句问题多（对句）

原载《对联·民间对联故事》（下半月，2006·3）

【简注】：更深一层的理解：知道的东西太少，要问的东西更多。

应对出句 15（中级）

细柳邀春千岭绿（出句）

淡云伴日九霄红（对句）

原载《对联·民间对联故事》（下半月，2006·4）

应对出句 48（高级）

留春色三分，陋室增辉添异彩（出句）

聚夏荷万朵，浅塘入水润奇花（对句）

原载《对联·民间对联故事》（下半月，2006·10）

应对出句 56（中级）

朵朵春华铺画卷（对句）

滴滴秋雨润歌喉（出句）

原载《对联·民间对联故事》（下半月，2006·12）

【简注】：余秋雨，当代学者。要求对句必须用人名来对。刘春华，当代画家。“文革”期间，油画《毛主席去安源》的执笔者。

应对出句 62（中级）

武林起火（对句）

文竹含烟（出句）

原载《对联·民间对联故事》（下半月，2007·1）

应对出句 73（中级）

云浮雨落水蒸气（出句）

雪落冰浮霜结凌（对句）

原载《对联·民间对联故事》（下半月，2007·3）

应对出句 82（中级）

舞池无水鸳鸯舞（出句）

歌会有声伴侣歌（对句）

原载《对联·民间对联故事》（下半月，2007·5）

应对出句 87（中级）

不到长城非好汉（出句）

甘当大木是良材（对句）

原载《对联·民间对联故事》（下半月，2007·6）

应对出句 92（中级）

五岳花繁，呼朋唤友踏春去（出句）

一江水绿，抱子携妻离岸游（对句）

原载《对联·民间对联故事》（下半月，2007·7）

应对出句 100（中级）

日出山川丽（出句）

风来果谷香（对句）

原载《对联·民间对联故事》（下半月，2007·8）

应对出句 108（中级）

打假岂能假打（出句）

传真务必真传（对句）

原载《对联·民间对联故事》（下半月，2007·10）

应对出句 112（高级）

筑市城郊，祝姓栽竹子（对句）

河塘柳岸，何家种荷花（出句）

原载《对联·民间对联故事》（下半月，2007·11）

【简注】：筑——贵阳的简称。

应对出句 115（中级）

一湾绿水一湾月（出句）

万里蓝天万里风（对句）

原载《对联·民间对联故事》（下半月，2007·12）

应对出句 121（中级）

一卷唐诗几首词，伴随白昼（对句）

几支秃笔一方砚，书写黄昏（出句）

应对出句 123（高级）

清风问路兰花指（出句）

紫气端杯竹叶青（对句）

前两副原载《对联·民间对联故事》（下半月，2008·1）

应对出句 11

虚心竹笋抽芽晚（出句）

高洁玉兰吐蕾先（对句）

原载《对联·民间对联故事》（下半月，2008·5）

【简注】：编辑部未定级别。下未标明级别者均同。

应对出句 27

汉界出兵，此行无退路（出句）

楚河饮马，该着叫将军（对句）

原载《对联·民间对联故事》（下半月，2008·8）

应对出句 35

瞒天过海“龙”拍“虎”（出句）

掩耳盗铃我欺谁（对句）

原载《对联·民间对联故事》（下半月，2008·10）

【简注】：陕西某县的作假事件。拍一卧虎照片，称是华南虎云云，引起轰动。后作假者被判刑。

应对出句 38

青鸟殷勤传圣火（出句）

银巢壮阔纳群雄（对句）

原载《对联·民间对联故事》（下半月，2008·11）

应对出句 45

水墨含情，展千年画卷（出句）

师生并坐，看百米飞人（对句）

原载《对联·民间对联故事》（下半月，2008·12）

应对出句 53

九夏渡三江，亲临两岸（对句）

三秋游九寨，感受四川（出句）

原载《对联·民间对联故事》（下半月，2009·2）

应对出句 57

鹿起祸端牛落泪（出句）

儿遭恶果母惊心（对句）

原载《对联·民间对联故事》（下半月，2009·3）

应对出句 9（中级）

撰对题诗，八载耕耘供一笑（出句）

引经据典，三更查找历千辛（对句）

原载《对联·民间对联故事》（下半月，2009·7）

应对出句 16（初级）

春节布新迎虎岁（对句）

端阳怀古赛龙舟（出句）

原载《对联·民间对联故事》（下半月，2009·10）

应对出句 23（中级）

（三等奖）

大庆人民迎大庆（出句）

长安父老享长安（对句）

原载《对联·民间对联故事》（下半月，2010·1）

应对出句 24（初级）

有病方知儿女孝（出句）

无情怎报爸妈恩（对句）

原载《对联·民间对联故事》（下半月，2010·2）

应对出句 28（初级）

峰回路转千山秀（出句）

浪静风平四海清（对句）

应对出句 29（初级）

国用良才龙兆瑞（对句）

岁逢盛世虎生威（出句）

前两副原载《对联·民间对联故事》（下半月，2010·4）

应对出句 31（初级）

山泉鸟语和协曲（出句）

海浪鱼歌美满诗（对句）

原载《对联·民间对联故事》（下半月，2010·6）

应对出句 34（中级）

草恋三春雨（出句）

林吞四面风（对句）

原载《对联·民间对联故事》（下半月，2010·8）

应对出句 44（初级）

绘蓝图，黄河翻碧浪（出句）

耕黑地，赤县长青苗（对句）

应对出句 44（高级）

座座山坡牛得草（出句）

茫茫林海马拉松（对句）

前两副原载《对联·民间对联故事》（下半月，2011·1）

应对出句 54（高级）

二月河边林道静（出句）

三门峡外柳梢青（对句）

原载《对联·民间对联故事》（下半月，2011·6）

【简注】：二月河——作家名。林道静——《青春之歌》主人公。三门峡——地（市）名。柳梢青——词牌名。

应对出句 58（高级）

（三等奖）

清屋后，扫门前，清扫多帮左右（对句）

旅江南，游塞北，旅游少买东西（出句）

原载《对联·民间对联故事》（下半月，2011·8）

应对出句 62（初级）

燕飞千里衔泥苦（对句）

蜂采百花酿蜜甜（出句）

原载《对联·民间对联故事》（下半月，2011·10）

应对出句 65（初级）

一网情深联世界（出句）

两行字雅震文坛（对句）

原载《对联·民间对联故事》（下半月，2011·11）

应对出句 72（初级）

谈钱说爱情难久（出句）

实意真心价更高（对句）

原载《对联·民间对联故事》（下半月，2012·3）

应对出句 81（初级）

野外搜寻春脚印（出句）

园中捕捉夏心声（对句）

原载《对联·民间对联故事》（下半月，2012·7）

应对出句 95（中级）

杨柳青年画（出句）

内蒙古月光（对句）

原载《对联·民间对联故事》（下半月，2013·2）

【简注】：此联务必符合“三二”和“二二一”结构。

应对 2013 年 1 月出句 3（中级）

绿树两行，护千程顺利（对句）

黄灯一盏，保四季平安（出句）

原载《对联·民间对联故事》（下半月，2013·4）

【简注】：此栏目形式上略有变化，每级一期只出两比对句。

应对 2013 年 3 月出句 4（中级）

冷眼长宜消暑气（出句）

热心岂可逐寒风（对句）

原载《对联·民间对联故事》（下半月，2013·6）

【简注】：刊登时，掉对句第七字“风”。

应对 2013 年 4 月出句 2（初级）

话到舌尖留半句（出句）

愁来眉上笑三分（对句）

原载《对联·民间对联故事》（下半月，2013·7）

应对 2013 年 8 月出句 5（高级）

当年意气未曾减（出句）

今日雄风犹在加（对句）

原载《对联·民间对联故事》（下半月，2013·11）

应对 2013 年 9 月出句 2（初级）

明月窥窗思绪远（出句）

高楼举目盛情深（对句）

应对 2013 年 9 月出句 5（高级）

盛夏邀来风酷热（对句）

初秋吟得句微凉（出句）

前两副原载《对联·民间对联故事》（下半月，2013·12）

2. 联说天下事

栏目说明：此是《中国楹联报》长期开设的栏目。给出一件日常生活中类似新闻的材料，以联语发表看法，入选分甲、乙两级。

应对“联说天下事”之八十六

（乙级）

严禁吹拍捧

杜绝假虚空

原载《中国楹联报》（总第 550 期）

应对“联说天下事”之九十

（乙级）

能保遗孤命

须知父母心

原载《中国楹联报》（总第 554 期）

应对“联说天下事”（111）

（乙级）

愿讲真心话，人民尊总理

甘当孺子牛，总理爱人民

原载《中国楹联报》（总第 575 期）

【校勘】：上联第六字下联第九字原为“平”。下联第九字编辑改为“人”。犯不规则重字之忌，现把上联第六字改为“人”。

应对“联说天下事”（141）

（甲级）

切忌妙龄当骗子

须防高寿遇邪魔

原载《中国楹联报》（总第 610 期）

应对“联说天下事”（145）

（乙级）

总统能如此

贫民可这般

原载《中国楹联报》（总第 614 期）

应对“联说天下事”（4）

（乙级）

要遭凶，狗主千人恨

能忍辱，车夫万里安

原载《中国楹联报》（总第 623 期）

【校勘】：上联第二字原稿为“遭”，编辑改为“逞”（仄声），现按原稿。

应对“联说天下事”（27）

（乙级）

臭钱污净手

绿卡玷黄山

原载《中国楹联报》（总第 698 期）

3. 诗钟

栏目说明：《对联·民间对联故事》（下半月刊）请北京的潘家农先生撰文讲“诗钟”，连载多期，每期出题应征。惜余后期没有继续创作，从对仗与字数要求讲，诗钟比对联难。

【酷·暑】合咏

热风扑面如汤煮

赤日当头似火烧

原载《对联·民间对联故事》（下半月，2007·9）

【居·署】二唱

民居最讲千年瑞

官署应求万户尊

原载《对联·民间对联故事》（下半月，2007·10）

【虾·球】分咏

白石壁间常有我

绿茵场上乱争它

原载《对联·民间对联故事》（下半月，2007·11）

【校勘】：上句第六字，编辑改为“描”。现用原字“有”。

【中·秋】三唱

万里中天飞百鸟

一轮秋月照群鱼

原载《对联·民间对联故事》（下半月，2007·12）

蝉联格【子·鼠】

亥岁清仓无硕鼠

子春进圈有肥猪

原载《对联·民间对联故事》（下半月，2008·2）

云泥格【兄·带】

大嫂清晨常带筐

长兄静夜总观书

原载《对联·民间对联故事》（下半月，2008·3）

魁斗格【黄·毛】

黄狗口中多利齿

白羊身上满绒毛

原载《对联·民间对联故事》（下半月，2008·4）

辘轳格【五·环】

金花五朵开滇地

绿树三环绕蜀山

原载《对联·民间对联故事》（下半月，2008·11）

三星格【一条龙】

青萍一片龙潜底

翠柳千条凤占梢

原载《对联·民间对联故事》（下半月，2009·1）

汤网格【放生处】

生来野鸟飞何处
放出家禽到哪时

原载《对联·民间对联故事》（下半月，2009·2）

【鼠·牛】六唱

万里春风飘鼠后
九霄瑞雪落牛前

原载《对联·民间对联故事》（下半月，2009·3）

4. 书香杯

栏目说明：《河南楹联》历时四年（2005—2009）的征联，分“对句”和“自撰”两种，联务必嵌“书香”两字。活动结束后，共取15名，余获第六名。本应列“征联”类，但列在“栏目应对”更为合适。

对 句

翻书香染指（出句）
舞笔韵传神（对句）

原载《河南楹联》（总第48期）

又

五香墨入三分木（出句）
万卷书堪一世师（对句）

原载《河南楹联》（总第50期）

又

香透书中趣（出句）

风传笔下情（对句）

原载《河南楹联》(总第53期)

一帘夏雨饶书趣（出句）

九月秋风伴菊香（对句）

原载《河南楹联》（总第54期）

自撰

墨浓香四壁

书厚值千金

原载《河南楹联》（总第51期）

又

真理书中有

馨香砚里藏

原载《河南楹联》（总第52期）

又

昼端淡饭三餐饱

夜读良书一卷香

原载《河南楹联》（2009·1-2）

5. 风求凰

栏日说明：福建莆田吴玉海先生，白费办刊《阳山海市》（季刊）。主要刊登诗词楹联作品。其中的“凤求凰”栏目，就是对联。编者出句，征求对句，版面名为“凤凰比翼”。

五环彩旗扬华夏（出句）

万道霞光映国人（对句）

原载《阳山海市》（第25期）

又

水清鱼戏月（出句）

气爽鸟飞天（对句）

又

浩月邀鱼戏浅水（对句）

繁花引蝶闹高枝（出句）

前两副 原载《阳山海市》（第26期）

又

进宫折桂师生愿（对句）

望子成龙父母心（出句）

原载《阳山海市》（第28期）

又

包机拓展三通路（出句）

渡海相传两岸情（对句）

原载《阳山海市》（第29期）

又

虎年更爱华南虎（对句）

牛岁当歌孺子牛（出句）

原载《阳山海市》（第30期）

又

璧合珠联施两制（出句）

寻根问祖促三通（对句）

原载《阳山海市》（第32期）

又

海市蜃楼鱼水伴（对句）

人间仙境地天连（出句）

又

赤县繁花红烂漫（出句）

青山瑞草绿芬芳（对句）

前两副原载《阳山海市》（第33期）

又

鹂鸣知柳绿（出句）

鹭上晓天青（对句）

又

敬老尊贤承古训（出句）

挥毫泼墨学前人（对句）

又

正气岂愁邪倒乱（对句）

威风何惧犬来欺（出句）

原载《阳山海市》（第34期）

又

明月移花影（出句）

秋风送菊香（对句）

又

虎啸阳山松鹤舞（出句）

鸡鸣海市日升天（对句）

原载《阳山海市》（第35期）

又

奇花争浪漫（对句）

妙笔竞风流（出句）

又

吟风弄月中秋夜（出句）

踏雪寻梅岁尾时（对句）

又

平衡生态安民众（出句）

珍爱自然为国家（对句）

前三副原载《阳山海市》（第36期）

又

自我吹嘘，结伴诗联贫亦富（出句）

文书谨慎，跟随翰墨苦如甜（对句）

又

海市浊水立刻断（对句，全仄）

阳山繁花随时开（出句，全平）

前两副原载《阳山海市》（第37期）

又

柳摇春日俏（出句）

荷舞夏风香（对句）

又

欣观十载墙头杏（出句）

乐阅千行枕侧书（对句）

又

锣鼓喧天，九州绿水青山俏（对句）

鲲鹏展翅，一路欢歌笑语多（出句）

前三副原载《阳山海市》（第 38 期）

又

踏歌娱盛世（出句）

起舞迓新春（对句）

【校勘】：下联第三字，原作“迎”，现改为“迓”。

又

阳山结构方家笔（出句）

玉海精编俊彦诗（对句）

又

时逢盛世千年瑞（对句）

兔献灵台百病除（出句）

前三副原载《阳山海市》（第 39 期）

又

海山藏日影（出句）

玉树纳星光（对句）

又

一轮赤日晨霞里（对句）

满目青山夕照中（出句）

又

万里晴空雷不雨（出句）

千寻峻岭树生风（对句）

前三副原载《阳山海市》（第 40 期）

又

诗联娱岁月（出句）

翰墨绘江山（对句）

又

绅士发言泥带水（出句）

王孙提笔蚓随蛇（对句）

又

凤舞阳山迎雅士（对句）

龙腾翰海醉骚人（出句）

前三副原载《阳山海市》（第 43 期）

又

北国寻梅远（对句）

东篱采菊欢（出句）

又

自古明言皆哲理（出句）

从今谶语尽良言（对句）

前两副原载《阳山海市》（第 44 期）

又

落日曾为旭（出句）

飞花本是英（对句）

又

无声翰墨能言志（出句）

有韵诗词可抒情（对句）

又

承杨国粹天天读（出句）

孝敬家严个个争（对句）

前三副原载《阳山海市》（第 45 期）

6. 其他栏目

说明：一报一刊及其他刊物，也开设很多栏目，因作品少，归类为“其他栏目”。

联苑风华

（优秀奖）

两手相牵，一生一世（出句）

三秋聚会，重九重阳（对句）

原载《对联·民间对联故事》（下半月，2007·6）

四季擂台（题迎春花）

（入围）

问园里百花，谁先吐蕊

观雪中四友，我独争春

原载《对联·民间对联故事》（下半月，2011·3）

【简注】：1. 雪中四友：腊梅、山茶、水仙、迎春花。2. 编辑对此联的评语：“园里百花宜我后，雪中四友愧春前，彰显迎春花之特色。”

征联大擂台（应对出句）

（季军）

拍手迎春，春色似花花似锦（对句）

临池赏月，月光如水水如天（出句）

原载《中国楹联报》（总第 838 期）

又

（季军）

绿园林，林园绿，林绿叶先绿（对句）

宽带网，网带宽，网宽人更宽（出句）

原载《中国楹联报》（总第 1023 期）

应对《郁江》出句

清泉流石上（出句

紫气起山中（对句）

原载《郁江》（第 7 期）

文章部分

一、载《对联·民间对联故事》

学校开对课之我见

近几年来，楹联界多次呼吁学校应恢复对课。有的地方，有的学校确实开了对课。这无疑对楹联事业起到普及提高的作用。从小学抓起，从中学抓起，从娃娃抓起，不愁后继无人。但是，这一件事，并未普遍开展，更谈不上蔚然成风。原因何在呢？笔者根据所了解的情况，谈点不成熟的看法，难免有以点带面之嫌。

“恢复对课”的提法就欠妥。为什么呢？解放前（指民国时期）的学校，除少数私塾外，并未开对课。解放后的学校，也基本上没有开对课，大学的中文系，也未必开对课。因此就普遍而言，不存在“恢复”的问题，而是要开设一门新的课程。

现在能否开设对课，靠行政命令，靠权威人士的意见，靠楹联界的呼吁，都不是最好的办法。最根本最核心的问题是涉及教学大纲和教材的内容，涉及教育部领导、教育家对对联的认识和看法。教育要从应试教育转变到素质教育上来，这是一个根本性的转变。既然对联有实用性、群众性，甚至冠上“国粹”的美称。因此，教育部审编的语文教材，务必增设对联基本知识的内容。只有这样，学校才能无条件接受，老师才能无条件执行。只有把这个根本性的问题解决了，楹联界用不着呼吁，而是如何帮助，如何指导，如何提高的问题。高考的语文命题，还要有对联知识的内容，比例少一点也可以。记得有一年的高考语文题，就有选择对句的题目。遗憾的是，又有一年的高考语文题，虽然有对联方面的内容，但引用的对联错误。高考命题，是一件严肃认真的事，在开卷前属绝密。命题人出现文字上的错误，实在不应该。

学校开对课，不能想得那么简单，那么容易。恕我直言，年轻的中小学老师，大部分是联盲。有的老师，仅知字数相等、词性相同这点常识。有的知道对联要讲平仄，但也不知道平仄的规律。一句话，不懂对联格律。几年前，我作为成员，曾多次到学校检查教育工作，也注意教育部门张贴的对联（当然，这不是检查的范围），合律者不多，高雅者更少。不管统编教材是否有对联方面的内容，我诚恳建议中小学语文教师学点对联方面的知识，至少说来，你家的对联不会贴错。要开设对课，不少语文老师，还得先当学生，后当老师。

楹联界的同志，也不能过分强调对联在中小学生中的重要性。一个中学生，应全面发展，为了走过独木桥，语文、政治、外语、数理化、史地等，就把他们压得喘不过气来。虽然努力，也不可能成为百科全书，样样懂，样样精。我作为对联爱好者，也希望开对课。这不单是对学校而言，报刊编辑也要学点对联知识。不然，每年春节前，照例刊登一些春联，试问，有几副合律的？

总的说来，学校开对课，是必要的。要解决这一问题，全国统编语文教材，务必增加对联基本知识的内容。中小学语文教师，也要懂点对联基本知识。只有这样，作为国粹的对联才有可能更好地普及、发展、提高。这只是我个人的一孔之见，不对之处，请方家指正。

原载《对联·民间对联故事》（2002·1）

试谈对联的标点符号使用

关于对联标点符号使用，联刊和联报已刊登过不少文章。有的可称金玉之言。围绕这一话题，概括起来，大致有三点：一、不用；二、用；三、如何用？在谈对联的标点符号使用之前，先要明确一个前提：对联是文学作品。因此，标点符号的使用，务必遵守标点符号的用法。如果忘记这一个前提，就是只谈枝叶，忘记根本。

"用——不用——如何用"谈的是使用，实际是讨论。关于这一话题，说得雅一点，"是仁者见仁，智者见智"，或者说是"百花齐放，百家争鸣"。说得俗一点，是"公说公有理，婆说婆有理"。不用有不用的道理，用有用的道理。两者并存，如何用？各抒己见。欲想统一的目的是好的，但是，很难办到。对这一问题，靠专家、学者来结论，来规范，也是办不到的。主张谈原则，不宜一刀切。获得的基本共识是：张贴、悬挂的对联不用标点符号。

我先谈一下对联用标点符号有什么好处。概括起来有三：一是便于阅读；二是便于理解；三是无字胜有字。前面两点，是对多句联而言。后面一点，一句联和多句联都实用。何谓"多句"？就是一比有二分句以上的对联。何为"一句"？就是一比只有一分句的对联。为何不用长联和短联的说法呢？因时至今日，楹联界对长短联划分没有明确的、科学的、大家公认的划分标准。所以，在谈对联的标点符号使用时，宜用"多句联"和"一句联"的说法。而不采用长联和短联的说法。

大家知道，古时的文章，无标点符号。这给后人的阅读带来很多困难。设想一篇文章，一副多句联，不知断句，读不清楚，还谈什么理解，还谈什么评价！现在的多句联，越写越多，越写越长。现已到了两千字了。这是目前的吉尼斯世界纪录（我没有丝毫指责之意）。设想多句联不打标点符号，中小学生恐怕难读。就是有一定水平的人，也未必能一气呵成。因对联和律诗、绝句、词不一样，这些有固定格式的字句，而对联没有固定格式的字句。用上标点符号，便于理解。有的多句联有多种断句方法，而且是一种断句，一个意思，有时差别很大。若作者不打好标点符号，给读者留下悬念，易把作者的创作意图搞错。时至今日，对前人的多句联，后人还有不同的断句方法。特别是对联中的问号、叹号、冒号，确能起到帮助读者理解的作用，笔者用曾作的一副趣联来举例。

不用标点符号：

春秋季节重抄子夜

子夜时分再读春秋

文化水平低一点的同志，恐怕不知所云。

用标点符号：

春秋季节，重抄《子夜》

子夜时分，再读《春秋》

这就一目了然。特别是书名号，说明了“春秋”和“子夜”这四个字，既指时间，又指书。这就说明“用”和“不用”的差别是很大的。

关于无字胜有字的问题。有人曾用“？”作上联，“！”作下联。我们暂且不讨论这叫不叫对联或无字联的问题。但在特定环境下，标点符号是能起到无字胜有字、无声胜有声、画龙点睛的作用。特别是联中的问号和叹号，作用是不能低估的。前面讲过多句联越写越多、越写越长之势。而一言联可谓凤毛麟角，比较有名的是“生”“死”对。现举一副一言联来说明标点符号的作用。最近出版的《中国当代传统文学选集·对联卷》第七页选用马英文先生题为“迎香港回归”的对联：

盼……

归！

上联的省略号，下联的叹号有千钧之重。国人盼了一百年，望眼欲穿，多少辛酸泪。到一九九七年七月一日回归的那天，举国上下，欢腾喜庆。我曾设想作者不用标点符号，此联能否入选，还得打个问号。此联用于澳门回归，四百年沧桑，不也一样吗？此联用于妻子站在窗前望丈夫归家，不也一样吗？

由这副一言联的标点符号使用，可见标点符号在对联中的作用之大了。

谈了对联用标点符号的好处，再来谈“不用——用——如何用”的问题，就要容易些。但也只能谈原则。

对一句联，以不用为好。若用，上联末用分号，下联末用句号。当然，语气和联意上有要求的，要用问号、叹号、省略号的，可作特殊处理。对多句联，应使用标点符号。有人使用“空位”的办法，这只能起到断句的作用。因此。这个办法不宜提倡。“用”与“不用”，本身也回答了“如何用”的问题。按照标点符号的用法使用，也是对“如何用”的一个原则回答。因为标点符号不是对联专有，而是文学作品共有的。因此，用法有统一的标准。

青申丙等在《对联文学标点符号体系研究》（《对联·民间对联故事》二〇〇一年第一期）一文中提出使用“联号”的新论点，新方法，这确有讨论的必要。对“联号”，楹联界公认了，文学界能不能公认？因为对联属文学的范畴，且标点符号不是对联的专利品。而文学界可包括楹联界。对这个新论点、新方法，联界同人，以慎重为好。

载《对联·民间对联故事》

任何观点，在争论的过程中，都应给予一定的重视。取得大多数人的共识后，就成为一种规矩，共同遵守。

以上谈的，是个人粗浅的见解，不一定正确。敬请方家指正。

原载《对联·民间对联故事》（2002.4）

同事颂联赞徐平

贵州科学院的徐平同志，一九九五年至一九九八年任贵州省大方县县委常委、县人民政府副县长，分管科技。三年时间，她为人民做了许多好事，深受百姓好评，当然也吃了不少苦头，真是酸甜苦辣，应有尽有。

由于工作原因，我们在一起共事三年，在她快离任回贵阳时，我就想送她一副对联，以表尊敬之情。对联是这样写的：

三年饱吃酸甜苦

百姓齐扬德智功

后请一位老师书写，装裱后相送。我认为，这副对联，确比“土特产”高雅得多，而且具有一定的意义。既反映了人们对她工作成绩的肯定，又表达了人们对她人品的赞扬。

原载《对联·民间对联故事》（2002·9）

【简注】：原题是：百姓齐扬德智功。该文题是编辑改的。

七载磨一联

我喜爱集邮，也喜爱对联。有时，我在想：为何不将集邮、对联二者结合起来呢？有了这样的想法，平时一有时间便琢磨起来。一九九〇年八月终于创作了一副邮票联：

乾坤方寸里

史诗邮册中

后把此联求教我县杨鹰先生。他坦言指出，上联很好，但下联不合平仄。并建议我投寄给县办的诗词联刊物《扶风》。说实话，我当时根本不知道对联的平仄规律。按杨先生的建议，我把邮票联寄给《扶风》。经编辑修改为：

乾坤方寸里

诗史集邮中

“集邮”指《集邮》杂志。邮票联总算在小范围问世，也算了却我的一个心愿。

一九九一年三月，我在邮局开始订阅《对联》至今。

一九九五年开始订阅《中国楹联报》。在两位无声老师的指导下，逐渐懂得了对联格律的一些基本常识。就意识到用“邮册”来对“方寸”，既不合平仄，也不工整，顶多称为“宽对”而已。不客气点，宽到漫无边际。既然如此，已作的邮票联不是成功之作。

其难点是用什么来对“方寸”？可惜没有“扁分”这个词。既知不成功，又知难点，这就难为了我这个初学者。几年的冥思苦想，总找不到恰当的词来对。我反复问自己，“方寸”是什么？就是小小的矩形。矩形是普通的几何图形。能否用几何图形来对呢？整版邮票每枚之间是以间断的圆孔划分开，便于撕下每枚邮票。撕下的每枚邮票全是半圆包围着。于是较为工整的邮票联是：

乾坤方寸缩

诗史半圆围

把此联寄到《中国楹联报》，该报一九九七年八月二日总二百二十五期“联语百花”栏目刊登。用“半圆”对“方寸”，虽是几何图形，但只能是较为工整。若前人把“半圆”称为“扁分”不就是天衣无缝吗？

从一九九〇年八月到一九九七年八月，整整七年时间。对我这个初学者，可谓七载磨一联！

原载《对联·民间对联故事》（2003·7）

三言联

作长联难，但作短联也并非易。何短何长，联界至今还未有大家公认的明确划分。但一言联（如“生”对“死”）、二言联、三言联划为短联，肯定无异词。就三言联而言，联书上传为佳话的，有“祖冲之”对“孙行者”和“比目鱼”对“独角兽”。就这两联二言，从对仗的角度看，可谓天衣无缝；但就平仄而言，不能说不是遗憾。虽是佳对，也有不足。对初学者，可能有误导。就我见到的三言联，对仗上的问题较少，但平仄上的问题还是有的。

三言联，既然属于短联的范畴，对仗必须工整，平仄务必协调，还要尽量“联”，不然只能算无情对了。三言联虽短，再要求有意义，有主题，这似乎比长联更难。前面提到的“孙祖”联和“独比”联，也没什么意义，更没有什么明确的主题。因此，对意义和主题，有更好，无也不求。三言联在创作上占便宜的，就是基本上是“炒现饭”（即用的基本上是现成词语）。

笔者收集整理了三言联四十副，既有“炒现饭”的，也有把别人的顺手拈来重新组合的，旨在抛砖引玉。

千秋罪；万世功。牛得草；马拉松。栽汉柏；种秦松。三角兽；四人帮。

水穿石；柔克刚。唐三彩；李四光。汉文帝；周武王。龙虎榜；凤凰池。

迎宾曲；祝酒词。元代曲；宋朝词。汉朝赋；唐代诗 。红烧鸭；白砍鸡。

三字狱；万言书。先君子；后小人。眼中刺；心上人。文学士；武将军。

金银奖；冠亚军。摇钱树；致富门。双塔寺；对联刊。白兰地；红塔山。

棒棰岛；云雾山。贫民屋；富士山。游墨海；爬书山。填会海；毁文山。

门中月；口下天。珍宝岛；美人蕉。金丝鸟；铁索桥。千里马；九方皋。

声声慢；步步高。龙须菜；虎骨膏。过宫炮；通路兵。陈后主；老先生；

三国立，七雄争。功过状；是非根。黑头发；蓝眼睛。醒酒石；醉翁亭。

三尺剑；二钧矛。三棵树；九寨沟。晓中外；通古今。桥跨谷；路穿岩。

注：棒棰岛——地名，在大连。云雾山——地名，在贵州。过宫炮——中国象棋术语。通路兵——国际象棋术语。三棵树——地名（火车站），在黑龙江。九寨沟——地名（风景区），在四川。

原载《对联·民间对联故事》（2003·10）

【简注】：此文《贵州楹联》（2006·2）予以转载。

怀抱观今古 深心托素毫

就对联的平仄而言，上联末字为仄声，下联的末字为平声，这是一条准则。而实际是准则和例外并存。这个例外最有名的，应算是岳麓书院的门联：

惟楚有材

于斯为盛

另有一联相比的，应算三希堂的联：

怀抱观古今

深心托毫素

关于这一点，详见台湾林恭祖先生的《怀抱观古今》（对联学刊，2002.3）一文。据说此联是乾隆帝的御笔。就文才而言，乾隆帝不亚于秦皇汉武、唐宗宋祖。单从“上仄下平”的角度看，有人认为挂错了。乾隆帝并非弱智之辈，不可能出这种洋相。林恭祖先生终于找到了此联的出处，原来是一副集句联。上联出自谢灵运的《斋中读书》，下联出自颜延之的《五君咏》。谢、颜均是南朝人，乾隆帝文才之高，由此可见一斑。林文又指出，从“本、末”和“因、果”上讲，上联也是“怀抱观古今”；下联应是“深心托毫素”。这就是说，文人雅士到了三希堂，你千万别说这副对联的上下联挂错位置了。

开头已述，对联的末字，“上仄下平”是一条准则。既然是准则，就应该尽量办到。所谓“尽量”，就是能办到的，一定要办到。为此，我替乾隆帝遗憾。借用别人的名句时，御手颠倒四个字，不就办到了吗？于是三希堂的名联就成为：

怀抱观今古

深心托素毫

又有谁敢说此联的上下联挂错了位置呢？当然，这些都是后话了。三希堂的名联，今已不可能改，因已成为历史。笔者的目的是，在今后风景名胜点悬挂的对联，应尽量遵守上仄下平的准则。

原载《对联·民间对联故事》（2003.12）

“九方皋”与“九霄鹏”

千里马的本义是跑得很快的马，其喻义是指德才双全的人。“伯乐识千里马”，当今人多用喻义。九方皋和伯乐都生活在春秋时代，九方皋是为伯乐所称道的一位相马专家。而世人知伯乐者多，知九方皋者少。

有人认为用“九方皋”对“千里马”是“上下联毫不相关，风马牛不相及，一人一支号，各吹各的调，只能算无情对”。并用“九霄鹏”来对“千里马”。“九霄鹏”是飞得很高的鸟，鸟在天上飞，马在地上跑。此对也无可挑剔。

三言联，文字少，要表达很完整的意思，想逃出无情对的圈子，实事求是讲，还是很难的。笔者认为，把“千里马；九方皋”当成无情对，大有商榷之处。就千里马而言，用喻义的多，用本义的少。而用“九霄鹏”来对“千里马”应是本义占主要。本义也罢，喻义也罢，在运用上是有区别的，这要看用哪一义。千里马有一义，是草鞋的别名。若把千里马当草鞋讲，用“九方皋”或“九霄鹏”，均是无情对。所以，“千里马”和“九方皋”还算是较工的对句。

原载《对联·民间对联故事》（2004.11）

一个值得提出的问题

我曾经认为千古绝唱“新年纳余庆；佳节号长春”是一副不合平仄的作品，既失替又粘律。可还为自己自圆其说，孟昶联至少是春联之始，在初始阶段，不合平仄也无可厚非。后来，在一些资料上见到，批评持此说的人不懂平仄，胡说此联不合平仄。为此，我专门去函请教一位联家，提出孟联合平仄是否拗救的原因（我至今也不懂拗救）。联家回函否认这一说法，云是律诗中的一种特殊的平仄格式。几年过去了，我虽牢记孟联是合平仄的作品，但仍心存疑惑。

近见李学文老师的《中学生对联声律歌》（《对联》下半月2006年第11期）一文中，标明的平仄格式有：

平仄平仄仄；
仄平仄平平。
平平仄平仄；
仄仄平仄平。

两种格式，加上孟联的平仄格式：

平平仄平仄；
平仄仄平平。

就有三种格式。

我个人认为，大凡某种规则，或多或少有人为因素，但不能与其他规则相矛盾。我要提出的问题是，承认这三种格式，那么对联的不失替不粘律还要不要，或者说，两者的矛盾如何统一？

笔者囿于水平，只是提出问题，希望这方面的专家不吝赐教。我觉得，这不仅对我有好处，对初学者，对中小学生都有好处。

原载《对联·民间对联故事》（下半月刊 2007·4）

【简注】：《对联·民间对联故事》从 2006 年起，改为半月刊。上半月刊社址仍在太原，下半月刊社址设在北京。一刊两地出版。

重申旧问题

拙作《一个值得提出的问题》(《对联·民间对联故事》(下半月，2007.4)发表后，浙江平阳的项显华先生两次来函赐教。赵援北先生的《试借孟联说拗救》(《对联·民间对联故事》下半月，2007·8)一文，对拗救问题作了说明。在此，一并致谢。

然而，两位先生的论述，并未对我提出的问题做实质性的回答。为此，我不得不重申旧问题。

关于拗救，我是不懂的。按我的愚见，拗——违律；救——合律。而按潘家农老师的说法是："拗是违律，救是不得已。"按潘先生的观点，拗救尽量少用或不提倡。按中楹会公布的《联律通则》(试行)，只说"平仄重复交替"。这就是我们常说的："不失替"，而对拗救并未肯定。而我要重申的问题是：承认

平仄平仄仄；

仄平仄平平。

平平仄平仄；

仄仄平仄平。

平平仄平仄；

平仄仄平平。

这三种平仄格式合律，那么，对联的不失替不粘律还要不要？或者说，两者的矛盾如何统一？除孟昶联外，如昆明黑龙潭的对联：

两树梅花一潭水

四时烟雨半山云

(注：有的资料不是"两树"，而是"万树"。)

其平仄是：

仄仄平平仄平仄；

仄平平仄仄平平。

我们分别用三把尺子（标准）来量此联。一是用不失替不粘律的尺子来量，结论是不合律。二是用拗救的尺子来量，结论是合律。三是律诗中的一种特殊的平仄格式来量，结论也是合律。这里，我们不能用二比一来定胜负，而只能取其一。

顺便再说与此相关的问题，诗与联同属文学作品，互相渗透，相辅相成。然而，近二十年来，在讨论联律时，“以诗为证”、“以诗证联”是常用的手法。说得形象点，“诗能如此，联可这般”。诸如拗救说、孤平说等，都是由诗移植到联上来。试问，承认孤平，谁能写出合律的二言联和三言联？在一定程度上，影响对联的“不失替不粘律”不能顺利通行。而笔者的观点是，联律应有独立性。

原载《对联·民间对联故事》（下半月刊 2007·10）

前车覆　后车鉴

《对联·民间对联故事》下半月刊（2008年11月，第9页）载《普通话四声对联读本》一文。文中举作寿联的例联是：

韦编三绝今知命

黄绢初裁好著书

此联就个别字而言，有多种版本。

这是章太炎赠黄侃五十岁生日的寿联。此联作为寿联的例联，也应无可非议。但不如作为寿联的教训或注意事项，更为确切。

据说，黄侃收到此联时，就感觉到自己命不长了。原因是联中无意嵌“绝命书”三字。其实联中明也嵌“绝”，暗也嵌“绝”，“黄”字取颜色，“绢”字取偏旁，又组成一个“绝”字。这一点，章太炎未必考虑到。问题是，“绝命书”三字竟成现实。黄侃先生就在当年（一九三五年）的重阳之夜，酒后吐血，两天后与世长辞。这也许是一种巧合，名为寿联，实为谶语。不妨也称为谶联。

前车覆，后车鉴。这个真实的教训，给作联赠他人的每一个联界同人敲了警钟，一定要慎之又慎。对每一个字，横要看，竖要看，前后也要看。比如说，作喜对，联中有一个“白”字，就要慎重考虑。为此，笔者顺便谈一下作联赠人的一个实例。

一九九九年十月，我认识的一位同志突然得重病，后奇迹般地治好了。我作如下一副联相赠：

贤人重病离身去

盛世春风扑面来

联作好后，不敢送出。原因是“病”字入联。我非常慎重，请教他人，说该联没有问题。因是“重病离身去”，后我又在一个资料上看到别人相赠的对联中，也有“病”字入联的。再想到前人霍去病、辛弃疾，这才大胆地把对联送出。

也许有人会说我过于小心谨慎。但我想到绝命联，作为同志交往，应小心为好。作为作联赠人，绝命联是一个沉重的教训。

原载《对联·民间对联故事》（下半月·2009·3）

删繁就简一尊鼎

——也谈“鼎峙格”与“鸿爪格”的称谓应统一

先有对联，后有诗钟，这是不争的共识。诗钟大致分为三类：一是分咏，二是合咏，三是嵌字。其中的嵌字用得最多。潘家农先生特别强调，莫把诗钟当对联写。诗钟和对联的主要区别是：诗钟仅限七字，而对联不受字数限制。诗钟务必同类相对，从这一点讲，诗钟比对联严格。诗钟就嵌字而言，嵌两字的最多，嵌三字的次之，嵌四字以上的更少。嵌两字的，根据不同的位置，有不同的称谓。就在同一位置的，也有多种称谓。实在无称谓的，用“碎锦格”概括。对联常把这些称谓借来用。如两字在联首的，称藏头格；在联尾的，称雁足格；嵌中间的，称蜂腰格；一联首尾各嵌二字的称双钩格，等等。

联嵌二字的，称谓无争论。嵌三字的，争论特别大。尤以其中的鼎峙格和鸿爪格的争论最为突出。近几年来，有关报刊也登过不少这方面争论性的文章。但始终未有结论性的意见。我想，争论不休，不如合并统一。由于前人混用，今人各行其是，也难统一。这个问题，联家有分歧，不用说，读者就莫衷一是了。

在对联学大发展的今天，此问题到了应该解决的时候了。就马进学先生在贵刊今年第四期《“鼎峙格”与“鸿爪格”的定义应该统一》的文章，我也不避班门弄斧之嫌，谈谈自己的看法。

古传之鼎，大都是三足的。故“三”与“鼎”差不多是同义词了，因而常有“鼎立”之说。魏蜀吴鼎立就是三国。潘先生在《诗钟漫谈》中，将凡嵌三字者统称三字格。三字格在细分，又有多种子格。如：鼎峙格、鸿爪格、三星（角）格、汤网格、勾股格、押尾格，等等。三字格可分两类，一是直线形（押尾格），二是三角形。三角形中，又分等边三角形、等腰三角形、直角三角形、钝角三角形。这些三角形，实际代表一种嵌字称谓。大家知道，等边三角形是等腰三角形的特例。汤网格可以认为勾股格的特例。潘先生那样细分，他是从诗钟的角度，给大家传受诗钟知识。对联毕竟不是诗钟，是否分那么细，还可探讨。任何分类，细了显得烦琐，粗了显得笼统。这分寸有时候很难把握。不妨这么设想一下，一比嵌三字，且不在下比末的，可否称为“三连格”，其间有隔字的，可否称为“跳跃格”或“间断格”。果真这样，那实在太烦琐了。我们知道，任何分类，若无科学的必然性，或多或少有一定的人为性。因此，关于三字格（押尾格除外，下同）的称谓分类本作宜粗不宜细的原则，可统称为“鼎峙格”。而“鸿爪格”则是“鼎峙格”的别称。就像对联也称楹联一样。

笔者为何以“鼎峙格”统称？鼎是古时候的“器”，是“国之重器”。我们可别小看这“三”字，在日常生活中，三足凳放到哪儿都是稳的，四足凳不在一平面则不稳。因三点决定一平面。塔架也罢，桁架也罢，各杆件组成都是三角形，而不是四边形。从力学的角度讲，三角形是稳定结构，而四边形不是。这种说法，就对联来说有牵强之嫌。但由此可以看出，我们前人是伟大的。“鼎”成三足，一是稳定，二是省料。因此，凡嵌三字者，何不统称为“鼎峙格”呢？与其争论不休，还不如合并统一。

这种统称，只是笔者的个人浅见。简单也罢，笼统也罢，武断也罢，人为也罢，牵强也罢，说出来敬请方家指教。

原载《对联·民间对联故事》（下半月刊·2009·6）

谈谈墓碑联

人的一生，从结婚那天起，首先要用的是婚联。以后若搬新居，要用乔迁联，随之而来的是每年的春联。高龄后，要用寿联；作古时，要用挽联；入土后，还要用墓碑联。可见人的一生，离不开对联。其中的墓碑联应算是最后一道菜了。在某种意义上讲，是人生的永恒主题，可见其重要性。

首先肯定，火葬要逐步代替土葬。死者不与活人争土地，国人应留方寸地，让给子孙耕。不过这只是问题的一个重要方面。因在广大的农村及一些小城镇，没有火葬条件。再加传统习俗，在一定时期内，土葬仍存在。因此，墓碑联不可能立刻消亡。对此还有继续探讨和创作的必要，还有生命力，且实用价值大。

由于经济的发展，时逢太平盛世。特别近十年来，在我县后辈对长辈的墓与碑，大多很讲究。对此不必过多非议，因此也体现了一个“孝”字，前面说对碑“讲究”，其主要含义是，增加一副墓碑联，体现墓碑文化。然而我所见到的墓碑联，绝大多数不合律。形式上看起来是文化，实际是没有文化。为此，笔者根据近几年来的创作实践，谈点心得体会，算是引玉之砖。

一、严肃性

墓碑联，是刻上石碑的千古之作，不能有大的败笔甚至错误。应做到对死者负责，对生者负责，对后人负责。若有点瑕疵，后辈人也会贻笑大方。我自己给自己规定，不满意的作品，一定不拿出去，这就是严肃性，这就是负责任。武则天的无字碑，给后人留下千古悬念。我们凡人的有字碑，若有错误，留下的不是千古悬念，而是：千古遗憾千古笑。

二、务必是墓碑联

这实际是紧扣主题。作出的对联，要别人看出，这就是墓碑联。不能认为，凡刻上墓碑的对联，就是墓碑联。是与否，必须从内容上界定。这里容易犯两个毛病，一是明为墓碑联，实际是一副挽联。当然，这两者之间，有时很难划分，有时又可通用。二是明为墓碑联，实际是一副景点联。要使别人一看是墓碑联，主要体现在用词上。墓碑联常用的词有：吉地、佳城、青山、绿水、龙脉、地脉、宿草、瑞草、宰树、青松、青龙、白虎、千古、丰碑、长眠、久卧、清风、紫气、瑞气、九泉等。单字词有：坟、墓、冢、穴等。用上这些词后，加上其他组合，一般就能体现是墓碑联。

三、字数要求

一般的墓碑，只有一米左右高度。所谓字数的要求，不宜作中长联。也许有人说，把字写小，这当然可以的，但视觉效果差。这里说的字数要求，还有另一概念。按我们家乡的习俗，佛道两家，对挽联和墓碑联字数是有严格规定的。挽联可作长一点，墓碑联受高度限制，不宜作长。一句话，墓碑联的字数只能六言或七言。这种要求，仅从笔者家乡的习俗考虑，全国是否如此，不敢断言。

四、专用

墓碑联的上乘之作，就是唯此人用，就是唯此地用。不能移作他人，不能移作他地。这就是墓碑联的专用性。话虽如此，作专用的墓碑联，还是相当难的。这就是一要切人，二要切地。所谓切人，适合死者的身份或者嵌名。切忌对死者的评价过高，褒扬的词语太多，也没有好处。一定要适合死者的身份。死者本是文盲，作比“墓中藏满五车书”的下联，就不结合实际了。笔者为我二嫂作的墓碑联是这样的：

祯石砌成千古墓

明星照亮九重天

用藏头格嵌我二嫂的名，不能移作他人用。此联“祯石”一词不常用，但毕竟有这个词。祯石就是吉祥瑞应的石。现在“明星”一词，多用引申义，此联用的是本义。

不能移作他地，就是要切地。墓地周围的景物，墓地的历史变故，或者说墓地本身的名称。

我四嫂的墓碑联是这样的：

地造罗盘归眼底

天生赤日照坟前

因坟前有一圆形的土坡地，当地人称为“罗盘”，且很出名。我抓住坟前的这个景点名，创作出这副切地的墓碑联。这就是，此联不能移在他地用。这也体现出专用性来。此联的妙处，我个人认为，最关键的是“天生地造”四个字。其意义是这块墓地是“天生地造”成的。这一点是风水先生无法办到的。

五、通用

所谓“通用”，一般说来，不分地、不分人，谁都能用。在创作上，要宽松一些。话虽如此，要创作出意境高雅的墓碑联，也非易事。在这里，顺便谈一下，根据我们家乡的习俗，墓碑联的主题是：除对死者的颂扬评价之外，主要是荫及子孙，兴旺发达，吉祥瑞应。

我三嫂的墓碑联是：

清风久伴藏龙地

紫气常升卧虎山

此联一看是通用墓碑联。基本上谁人都可用，谁地都可用。按家乡的习俗，此联还是可以的。“藏龙卧虎”地，就是风水宝地。坟山升紫气，预兆未来要出有用之才。话虽如此说，我们毕竟是唯物主义者。

我的一位友人的夫人故后，托我作副墓碑联。盛情难却，作如下一副：

四围宿草年年茂

百代贤孙个个安

这也是通用墓碑联。“宿草”点出此联是墓碑联。“宿草”的引申义是墓地的代称。上联说坟，下联说的是子孙，这就是荫及子孙。

写到这里，还要重申：笔者不是大力提倡土葬。而是考虑了现实性和可行性。就创作墓碑联的有关问题，谈点心得体会，敬请联界同人指正。

作为本文的结尾，把本人的墓碑联抛出，供联友一笑。

过少功多常乐

松青草茂永安

原载《对联·民间对联故事》（上半月刊·2010·4）

【校堪】：纠正几个字，并把漏掉的一句话加在六言联前。

是否合掌

编者按：这里选录了两篇意见不同的文章，都说的是关于对联合掌的问题。欢迎读者朋友踊跃来稿发表自己的意见，以加深对《联律通则》的理解，提高创作合格对联作品的能力。

“个个”对“人人”应为合掌

《对联》杂志的“中级擂台”（18）出句是：

人人喜用天堂伞

出句平淡又出奇，且是玻璃联。在“下半月刊”（2009·11）所选的41比对句中，用“个个”来对“人人”的有18处之多，将近一半。

其中获奖的对句是：

个个会开大众车（二等奖）

个个要开大众车（一等奖）

“合掌”在《联律通则》中作禁忌条文。大家知道，合掌是定义容易划分难。特别是具体某一联时，更难划分。为此，又引出，“局部合掌”的概念。故这18比对句应属局部合掌。这个断言，不应有异词。若局部合掌获大奖，大有商榷之处。

在对联创作过程中，应尽量避免局部合掌的出现。这种错误容易犯，笔者也在其中。每个联界同人，应维护《联律通则》的权威性。

一孔之见，请作者编辑赐教。

原载《对联·民间对联故事》（下半月刊，2010·7）

【简注】：标题是编辑加的。另一篇不同意见的文章，陈树德先生撰写。

二、载《中国楹联报》

趣联偶得

我有一位表侄，名为“万里多”。对作曲和乐器有一定基本功。现在贵阳工作。由他的名字，我想到“千杯少”这种酒。于是，一副趣联产生：

酒饮“千杯少”
声传“万里多”

此联对仗工整，平仄协调。酒名对人名，无牵强之痕迹。不把“千杯少”当酒名，“万里多”当人名，从字面上看，仍然工整。下联描述音乐爱好者，很贴切。

“白兰地”是酒名，“红塔山”是好烟。以酒名对烟名，又一副趣联产生：

“白兰地”里藏名酒
“红塔山”中出好烟

此联对仗和平仄无疵点。抛开酒名和烟名，从文字上看，亦工整。“白兰地”和酒相扣，“红塔山”和烟相扣。

趣联，关键在一个“趣”字上，联无趣味，何称趣联？趣联，在艺术上，应无太大疵点，务必符合联律。其生命力就是趣味性和艺术性并存。

原载《中国楹联报》（第218期）

一片冰心在玉壶

冰心老人已离开我们了。她的离去，是我国文学艺术界的重大损失。由“冰心”二字，我联想到王昌龄的“一片冰心在玉壶”之名句来。用这句诗来赞颂冰心老人，可谓恰如其分。此句诗的“冰心”二字，在此有双关之意。

我想以“一片冰心在玉壶”作为下联，作一比上联来与之相对，成为一副半集句联。要作上联，难在何处？难在用什么词来和“冰心”相对。不但要词性相对，还要是人名。下联有双关之意，上联必须有双关之意。无独有偶，我想到了西藏自治区的人大常委会主任热地同志，“热地”对“冰心”，词性相对，也是人名相对。于是一副半集句联产生了：

九州热地生灵草

一片冰心在玉壶

西藏盛产灵草（亦称灵芝），传说是长生不老之药。西藏灵草和西藏热地相扣，也很贴切。

这副半集句联，从“对”角度讲，是可以的；从联的角度讲，有较远和稍轻之嫌。但用什么来对“冰心”，只有等待方家了。

原载《中国楹联报》（总第316期）

编联记

集句联，虽是“拿来主义”，但却不是随便地胡拼乱凑。它属“创作”范畴（或者叫再创作）。编联，本身就是创作。但这里的“编”，系指用别人诗文中的字句，编写对联。既不是集句，也不是摘句。笔者不是节外生枝，引入一个“编联”的概念，而只是作为文章题目的注脚罢了。

一九九三年正值毛主席诞辰百年。我县宣传部，为纪念毛主席百年诞辰，征集出版了一册诗词联书。我用毛主席诗词中的字句，编写了一副对联入选，联语如下：

西江月下，井冈山中闻鼓角
北戴河边，秦皇岛外换人间

上联取自《西江月·井冈山》，词中有“山头鼓角相闻”句。天上并无“西江月”，此处是借用罢了。但人间确有“井冈山”，这井冈山，在中国革命史上，占有光辉一页，与五岳齐名。

下联取自《浪淘沙·北戴河》，词中有“秦皇岛外打渔船”和“换了人间”句，特别是“换了人间”句有千钧之重的分量。

从一九二八年的井冈山中闻鼓角的战争岁月，到一九五四年北戴河边换了人间的繁荣景象，二十六年间，中国大地发生了天翻地覆的变化。开国元勋，功不可没。

此联也是“拿来主义”，但紧扣主题，歌颂了毛主席，歌颂了中国革命。文字对仗，除“鼓角”对“人间”有稍宽之外，其余四个专有名词，四个方位词，两个动词之对，都是很工整的。“西”对“北”不能和后面的字分开，虽也属方位词，但不能单独提及了。

此联也有不足之处，平仄上违律——四连平和失对，但属专有名词，毫无办法，这就叫瑕瑜同存吧。

原载《中国楹联报》（总第 334 期）

也谈对联的要素

对联应为我国的专利，因世界上独此一家。对联已有千余年的历史了，千百年来，谁也不知道有多少副对联问世。然而，时到今日，对联的格律是什么？对联的要素是什么？还无定论。事实上，事物总是在不断发展变化，就是定论了是东西，也可以修正。

楹联界基本公认的六条标准：字句相等，词性相当，节奏相称，平仄相谐，内容相关。不妨简称为“六相”。对这“六相”，唐祖闳先生在《对联要素刍议》（《中国楹联报》总341期）一文中提出异议。唐文提出：“联旨与意境鲜明，想象共布局合理，词意偕音律协调，修辞并造句得当，是为法则。”这个法则，可谓独具匠心，且动摇了“六相”的地位。

笔者班门弄斧。对“六相”和“法则”谈点粗浅的看法。

关于“六相”，说法不一，但大同小异。该提法并非天衣无缝。比如无情对和内容相关就相悖。但我认为，标准也罢，联律也罢，规则也罢，均宜粗不宜细，应高度浓缩，高度概括。在“六相”中，前四条可以合并，第五条独立存在，第六条可不必提及。何况对联本身一是对，二是联。这一点，余德泉教授在《对联格律·对联谱》一书中的第1页上，做了如下精辟的论述：“对仗工整和平仄协调，是对联规则的两大要素。”这两大要素，实际是定义了什么叫对联。这两大要素，高度浓缩了“六相”，字句、词性、节奏和结构的问题，用“对仗工整”四字概括之。“平仄协调”四字，说明了对联务必讲平仄。诸如不失对，不失替，联尾仄起平收，联尾不能三连平（仄），联中不能四连平（仄）。甚至于一比不能犯“孤平”。多句对联句脚的平仄最好符合马蹄韵等等。

话虽如此，有的平仄问题，还未取得一致意见。故用“平仄协调”四字概括为好。

关于唐祖闵先生的“法则”，没有全盘否定“六相”，和“六相”有相同和相异之处。这里有一个什么叫对联和什么叫好对联的问题。“六相”和“两大要素”，定义了什么叫对联。而“法则”，不但定义了什么叫对联，还定义了什么叫好对联。这就是“法则”和“六相”的相同和相异之处。因此我认为，什么叫对联？第一条，对仗工整，第二条，平仄协调。什么叫好对联？另外增加两条：意境高雅；紧扣主题。关于高雅也是一个概括性的说法，什么叫高？什么叫雅？也无具体标准。有时只能在比较和鉴赏中去体会了。也许有人会说，对联本来是雅俗共赏，为何只谈雅不谈俗。雅，不是典故的堆砌；俗，不是流言，不是无水平。广义来说，雅和俗是对立统一的，“俗”得有水平本身就是雅。何况对一副对联的评议，还有仁智之见。意境高雅，就是对联艺术的魅力和生命力。关于“紧扣主题”的问题。企业或带庆典纪事方面的征联，都涉及紧扣主题的问题。偏离了主题，对仗和平仄天衣无缝，也要落选。又比如，别人请写一副喜对，万万不能写成挽联。应征作品也罢，别人请作一副也罢，总得有条件，有要求。这个条件和要求，本身就是主题。自己创造，虽说自由一些，但联意要明确。这个联意，也是创作的主题。

对仗工整和平仄协调，是对联成立的条件，是对联的精髓和灵魂。再加意境高雅，紧扣主题，就是一副好对联。这和唐祖闵先生的“法则”无多大区别，只是更概括更直观罢了。

原载《中国楹联报》（总第 344 期）

抛联出狱

有一文人，因错判而入狱，有一天，法官视察监狱，此文人高声喊道："囿中我，何时出狱？"法官听了，对看守监狱的人说："囚里他，马上归家。"于是这个文人出狱了。

这一问一答，刚好是一副很工整的对联。

原载《中国楹联报》（总第 344 期）

【简注】：《中国楹联报》发表时，未署笔者的名。

“千里马”之对

老师在上对课之前，总要出一比对句给同学们对，今天老师出的句是：

千里马

同学们可说信心百倍，成竹在胸。顷刻间，百头牛、一条鱼、五羊城、五车书之类的对句响彻教室。唯有一位同学的对句如下：

大数万点无字书

其他同学听了哈哈大笑。三字出句，用七字对句来对，这不是天大的笑话吗？老师叫那位同学解释。那位同学说：“对句近似谜联。前两字对‘千’，三四字对‘里’，后三字对‘马’。”老师听了点点头。

最后老师打分的结果是：凡对百头牛、一条鱼、五羊城、五车书的，只给 60 分。而七言对句则给了 100 分。

绝大多数同学质问老师，为什么给字句不相等的对句打满分？老师回答如下：大数是“九”；万点等于“方”；无字书是指没有字的本子，白本为“皋”。

因此“千里马”的最佳对句是：“九方皋”。“九方皋”是春秋时善相马的人。

原载《中国楹联报》（总第 382 期）

浅谈对联的“逻辑相符”

拜读了牟桂谭先生的《试谈对联的第七要素》（中国楹联报总 361 期）一文后，有些看法，浅谈几句。

逻辑，是外来语。有专门的学科——逻辑学。逻辑，系指思维和客观规律。既是规律，就不能违背，也不能属于哪一科哪一门专有。不但对联要符合逻辑，其他文学作品也应符合逻辑，说话、办事也要符合逻辑。说到底，就是要符合规律。因此，符合逻辑，是一个普遍性的问题。

牟文强调对联要符合逻辑，这无疑是正确的。但把“逻辑相符”增为对联的一个要素，有多此一举之嫌。为什么呢？符合逻辑不是对联专有，不能把共性问题视为特殊问题，若把“逻辑相符”列为对联的第七要素，那么，“切忌合掌”又可列为对联的第八要素。原因很简单，合掌是对联的大忌，其他文学作品，常以“意思重复”视之。可见“合掌”差不多是对联专有的忌讳。文学作品的艺术手法，在辨别是否符合逻辑时，与自然科学在分寸上有一定区别。笔者有一联：

腹内文，文藏肚里，开肠无字觅

水边树，树映河中，缘木有鱼求

“开肠无字觅”，这符合客观事实，因而符合逻辑。“缘木有鱼求”，这不符合服客观事实，况且人影在水中也无法求鱼。可谁又说此联不合逻辑呢？由此看来，“宵夜过桥，脚踏漫天星斗”也不见得不合逻辑。笔者试作一联（未发表）：

雪满山，狗踏梅花落

尘铺地，鸡行竹叶垂

从字面说讲，后五言是不符合客观事实的，就不合逻辑。但这里的“梅花”和“竹叶”系指脚印，恐怕不会有人说此联不合逻辑吧！

综上所述，对联必须符合逻辑，但有艺术手法的原因，某联是否符合逻辑，不能像对待自然科学一样。但也不必把“逻辑相符”增为对联的第七要素。不然，对联的要素将会铺天盖地。

原载《中国楹联报》（总第365期）

【简注】：此文的标题，《中国对联年鉴2000年卷》（425页）收在“论文篇目”栏目。

给受贿者送联

人们对一索贿受贿者深恶痛绝。有一天晚上，有人在他门上贴了一副对联：

令多点

团少边

横眉是：赟去尾。

受贿者开门见到此联，不知其意。此时正走来一文人，看此联后说："妙联！妙联！"受贿者问"妙"在何处？文人答："'令'是美，令多点，说明你家美的地方很多；'团少边'是'才'，说明你家人很有才华；'赟'字去尾，说明你家文武双全呀！"受贿者听了大喜。

其实，此联别有深意：上联"令多点"是扣"今"字；下联"团少边"是扣"才"字；"赟"去尾，去到什么地方呢？去到"今"字下，去到"才"字旁。故上联扣"贪"，下联扣"财"，全联是"贪财"二字。

原载《中国楹联报》（总第435期）

双节同日 二春共天

今年国庆节，正逢中秋节，即两节同一天（下称“双节”）；无独有偶，一九九二年，春节和立春也是同一天（下称“双春”）。

笔者手边有《（1901—2000）一百年日历表》（中国科学院紫金山天文台编，科学出版社，1987）一书。查了一下，逢双春的年份有：1905、1924、1943、1992；遇双节的年份有：1944（不过那时中华人民共和国尚未成立）、1982年。由此看来，“双节”、“双春”同一天的概率是不多的。多少年才出现一次，这是天文学和历法研究的范畴。笔者只用一副对联来反映这一天文（历法）现象：

二〇〇一，一日逢双节

一九九二，双春共一天

原载《中国楹联报》（总第445期）

【校勘】上联第五字“一”改为“单”，现改回原来的“一”。

试对江主席“日破云涛万里红”

“日破云涛万里红”，是江泽民主席辛巳年四月二十五日登黄山，所作《登黄山偶感》七绝中的第四句。此诗本报(总425期)予以登载。音乐家们以“日破云涛万里红”为题，作词配曲，响遍神州大地。这给了我启发，于是以“日破云涛万里红”为出句，不揣浅陋，斗胆以“风吹海浪千重碧”对之。便有下面的一副半集句联：

风吹海浪千重碧

日破云涛万里红

我想，“风吹海浪千重碧”只是抛出一块砖。深信联家们一定会有更佳的对句，诗联家们会找出现成的诗句，与“日破云涛万里红”成为集句联。我将待已玉成。

原载《中国楹联报》(总470期)

“硬伤”的补充

读了宋贞汉先生的《近年来中考对联题的硬伤》（本报总第522期）一文，受益匪浅。宋文指出了近年中考对联题出现的问题，但笔者觉得其中有些问题宋文还没有予以重视，于是在“硬伤”的后面补充些不成熟的意见。

一、是“副”不是“幅”

副字，有一对或一套之义；幅字，指书画面或地面的广狭，也用于书画作品的量词，但指单个的件数。2002年四川省中考题：“下面的两幅对联……”很显然，这个“幅”字用错了，应是“副”字。中考题用字有误，不能不说是一个遗憾。

二、是“骨”不是“木”

上述试题中提到的郭老（沫若）题山东蒲松龄故居的那副对联：写鬼写妖高人一筹；刺贪刺虐入木三分。该联除宋文中指出的“筹”应作“等”外，“入木三分”应为“入骨三分”。郭老是近代中国文坛巨匠，不可能不知道“入木三分”这个成语，也不可能不知道成语的字是不能随便更改的。但为什么要更改呢？这就像李大钊同志把“辣手著文章”改为“妙手著文章”一样，是有特殊用意的。关于这一点，在《对联欣赏》（顾平旦、曾保泉编，文化美术出版社1985年版）一书152页有郭老书的影印件为证。不过，有些书刊在引用郭老这副对联时的确有为“入木三分”的现象，导致以讹传讹。但不管怎样，中考题中有文字错误，也不能说不是遗憾。

三、书、作、借用、演化？

一九九九年天门市中考题中涉及的对联：“未出土时先有节，

直到云霄总虚心。”宋文说其作者是李苦禅。根据宋文所指，我查了《中国对联大典》（谷向阳主编，学苑出版社 1998 年版）1181 页，其原貌为：“根生大地，渴饮甘泉，未出土时便有节；枝横叶茂，叶拍苍天，及凌云处尚虚心。”但书中并未标明作者是谁。不管作者是谁，此联的对仗和平仄是有瑕疵的，且疑“便”是“先”之误。

他山之石，可以攻玉。在《咏竹联集粹》（刘星亮、曹毅刚主编，岳麓书社 1994 年版）一书 93 页引用了宋人李师直咏竹诗中的两句作为咏竹联，这两句是：“未出土时先有节，便侵云去也无心。”本人缺资料，未见全诗全貌。若能把“去”改为“处”，便是一副很工整的对联。

由此看来，“未出土时先有节，及凌云处尚虚心”一联，到底是李苦禅先生书、作、借用、演化？值得商榷。

补充这些，不知妥否？

原载《中国楹联报》（总第 526 期）

祖孙联对

一天晚上，爷爷与孙子在家对对子。孙子的出句是：

马来西亚

爷爷的对句是：

牛去北非

孙子大笑说："马来西亚"是国名，世界上有这个国家。"牛去北非"不是国名，世界上没有这个国家。爷爷大笑说你都帮我对上了。

全联是：

马来西亚有

牛去北非无

"有"对"无"非常工整。爷爷又说，对联讲究虚实相对，"有"就是实，"无"就是虚。故更完整的对联是：

马来西亚有，为实

牛去北非无，是虚

孙子高兴地说，一个"马来西亚"引出了"有"对"无"和"实"对"虚"来。我的对联水平又提高了一步。

原载《中国楹联报》（总第624期）

父子联对

晚饭后，上门女婿笑容满面走进里屋对岳父说道：“我今天和九段围棋高手走棋，赢了半子。”

岳父听了，遂出一联：

半子行棋赢半子

同是“半子”，但意思各不相同。上门女婿沉思半晌，竟不能对。恰在这里，女儿刚画好一幅画，请父亲过目。上门女婿看到眼前这一幕，灵感顿现，对道：

千金绘画值千金

岳父听后，高兴地说道：“‘半子’对‘千金’，真是天衣无缝。”

原载《中国楹联报》（总第631期）

莫将名联乱换位

读严继明先生《游北海赏名联》(《中国楹联报》总第649期)一文。文中有这样几句：

乾隆帝的书斋称三希堂，收集三件书法真迹，御题匾额“三希堂”，撰有《三希堂记》，并且御笔亲题脍炙人口的名联：

深心托毫素
怀抱观古今(清·乾隆)

此联实际是上平下仄，且是乾隆帝的集句联。应为：

怀抱观古今(谢灵运)
深心托毫素(颜延之)

谢、颜二位均为南朝人。

该文作者可能是为了遵守上仄下平的正格原则，把该联上下联颠倒过来。但三希堂的名联，既是文化，又是历史，乱改是不严肃的。本人虽去过故宫，但未进三希堂，没见过这副名联的原貌，总怕有乱说之嫌。不过有两点可以佐证：一是《对联文化》(2005·5)的封面。二是《对联学刊》(2003·3)有文有照片。两刊中联语上下联位置都是上平下仄。

关于这一点，请看拙作《怀抱观今古，深心托素毫》(《对联》2003·12)一文。文中笔者曾遗憾地慨叹，乾隆帝的御手为何不颠倒四个字，使三希堂的名联变为上仄下平呢?

原载《中国楹联报》(总第655期)

誓炼真金铺旷野

——应“园丁杯”征联琐言

二〇〇六年，山东单县“园丁杯”征联的出句是：

欲栽大木柱长天

一般说来，就同一主题而言，应对比自撰难。有的出句，凡暗设“机关”的，有时征联单位提醒，有时留给应征者去发现。虽然“树”是“木”之一义，但不全等价。就此出句而言，“木”与“树”应是等价的。但不管是书面还是口语，说“栽大树”的多，说“栽大木”的少（特别是口语）。自己是自作聪明也罢，无中生有也罢，总以为该出句暗设“机关”。其“机关”是：木一主一柱，第一字和第二字组成第三字，第二字与第三字同音，找什么字与“柱”相对呢？左思右想还是觉得难度过大。本打算放弃应对，后来想到“金木水火土”，以“金”对“木”是很工整的，于是我想到“铺”字，其“金一甫一铺”与“木一主一柱”可谓结构一致。于是对句如下：

誓炼真金铺旷野

征联结果公布前，在一本资料上看到，出句来自杨昌济先生的一副联中的下联，征联单位信手拈来作出句。可见出句是经得起时间检验的，这也许是不要“栽大树”的理由吧。

待征联结果公布后，从获奖的对句看，征联单位并未设“机关”，证实我是“自作聪明，无中生有”。

反思自己的对句，上联的“誓”与下联的“欲”相对，有上强下弱之嫌。这是不足之处。其他的字词，还是较为工整的。望联界同人以我为鉴，莫“自作聪明，无中生有”。

原载《中国楹联报》（总第721期）

浅议长联与不规则重字

时至今日，对于长短联的界限划分，联界一直未有明确的统一标准，联界同人也未“约定俗成”。因此，长短联还是一个模糊的概念。从意境和气势上讲，昆明大观楼孙髯翁的180字联，有“天下第一长联”之称。从字数上讲，钟云舫的《拟题江津县临江城楼联》，计1612字，应算是“近代第一长联”了。当然，钟氏联绝非平淡之作，也是精品。对以上两副长联，联界中有异词者大概不多。

不过，近二十年来，长联有越写越长之势。谁创吉尼斯纪录，无人知道，但动辄几千字，甚至几万字的长联时有出炉。与之相比，孙氏长联和钟氏长联在字数多少方面只能俯首称臣。

笔者对写长联者并无嫉妒之心，在此只想提出一个问题来请教这些超长联作者：你们在不断创造长联字数纪录时，是怎样避忌“不规则重字”的。

以前提出这个问题的时候，有人模棱两可地回答说：“不规则重字的禁忌，在长联中可以变通吧。”而今《联律通则（试行）》已公布，其中“附则”第八条明确规定避忌“不规则重字”。就笔者见过的大多数所谓长联中，“不规则重字”现象到了比比皆是的地步。依我看来，这种“长联”，只是一篇对偶文罢了。对偶文是不能混入长联的行列的。

我们试作如下分析，一般常用的汉字字数在3000至5000字之间。动辄几千字几万字的长联，从理论上讲，一定有“重字”，除了允许“规则重字”外，要想达到完全避免不规则重字的地步几乎不可能。换句话说，长联与“不规则重字”现象并存的可能

载《中国楹联报》

性很大。

《联律通则（试行）》已明确规定对联创作要避忌“不规则重字”，联界同人要像遵守国家法律一样遵守这一规定。过去的，已经过去了。今后创作长联时，除了考虑对仗、平仄、意境等等之外，也应该做到无“不规则重字”；否则，最好停笔。只有这样，才能维护“通则”的严肃性。

原载《中国楹联报》（总第 754 期）

也谈“华夏”与“神州”

稍有点对联知识的人都知道合掌是怎么回事，也知道合掌是作联的禁忌。对于合掌，不少人都是定义容易划分难。所谓难，是指合掌与非合掌的界限很难划分。因此，有人提出了局部合掌的概念。这类局部合掌的对联虽不是比比皆是，但也并不少见。

近读罗辑先生的《“华夏”与“神州”并不合掌》（中楹报总第765期3版）一文，笔者有些不同看法，在此提出来请方家指正。

罗先生认为“华夏”与“神州”不合掌的根据是《辞海》（不知什么版本），其中对“华夏”条目的解释是：古代汉族的自称。对“神州”条目的解释是：中国的别称。为此，我查阅了手边的《辞源》、《汉语词典》，它们对“华夏”与“神州”分别是这样解释的：

华夏：谓中国也。华夏初指我国中原地区，后来包括我国全部领土而言。（《辞源》）

神州：（1）指中国，（2）指京都。（《辞源》）

华夏：我国之古都。（《汉语词典》）

神州：（1）谓中国，（2）谓京畿。（《汉语词典》

以上两个工具书的解释基本相同。遗憾的是，《辞海》无此条目，仅在对“华”字注释时说道：我国古称华夏，今称中华，简称华。

笔者认为，在对联创作中凡用到“华夏”一词的，均指中国。说到底，“华夏”一词，是指地域还是族别，这是划分“华夏”与“神州”是否合掌的重要根据，这就涉及词义的本义、转义、引申义、比喻义的应用问题。按照罗文，“华夏”的本义肯定是古代汉族的自称，但我们常说的“华夏儿女”，总不能解释成古汉族儿女。其实这时的“华夏”已引申为中华民族了。因此，“华夏”与“神州”并不合掌的说法过于武断。在大多数情况下，“华夏”与“神州”是合掌的。

原载《中国楹联报》（总第 772 期）

平仄不应随意改变

拜读韩进卿先生的《浅议变调在楹联中的应用》（中楹报，1022期）一文，颇感新颖。为此，谈点粗浅的看法。

笔者曾见到一些诗词联书刊，在某字后面加括号。括号里的内容是："此字读平声"或者"此字读仄声"。作者若怕读者的水平低，加这种说明，也无可厚非。问题是，此字本来是读平（仄）声，你硬要加括号变为仄（平）声，这就有商榷之处。当然，随着时间的推移，声调有变化，那是另一回事。笔者认为，某字读平声或仄声，甚至平仄均可，这是前人和工具书早就规定好的，作者无权更改。若作者可自定平仄，各取所需，我们所有的对联，便没有平仄不合的情况了。这确是一个惊人的结论。大家也许还记得，关于"而"字读仄声的争论，有人查了不少工具书，均未找到"而"字读仄声的根据。这就说明，作者无权定平仄。关于这一点，笔者曾请教过不少人，他们也承认有人加括号说明平仄的事实，至于是对还是错，未作结论。

韩文的观点，与"加括号"有相似之处，只是范围大大缩小。其中的有一点是，两个上声字相连，第一个上声字读阳平。两个仄声字相连，第一个字大多不在音步上，其最大的好处是，避免"三仄尾"。如韩文中的例联上比，是"喜临美景地"。美字读阳平，这就避免了"三仄尾"。另外一点是，"一"、"不"等字用在阴平、阳平、上声、三声前的时候，读去声。例词是：一天、一人、不说、不能、不想等，这时的"一"和"不"，均读去声。例联中的下比是："南海一枝春"。因"一"字读去声，这就避免了"三平尾"。概括起来，韩文的观点是，在避免"三平（仄）尾方面起到作用。

笔者对韩文没有指责之意，只是在此提出疑问：这种各取所需的读音，文字专家赞同否？声韵学家赞同否？诗联界赞同否？作为本文的结尾，笔者重申一下自己的观点，字的平仄声，作者不能自定，应由工具书和前人定，至少，也要约定俗成。只有这样，才能维护《联律通则》的权威性。对传统文化，今人一是承，二是传，三是可以改，但务必得到公认，不然就乱套了。

原载《中国楹联报》（总第 1026 期）

三、载其他报刊

官到能贫乃是清

看这标题，便知是清人戴远山的一副联中的下联。就这标题，也许会有人提出异议，认为这和现在党的富民政策相悖，是在鼓吹大家向往贫穷落后……戴氏的这个观点有一定的片面性；因而异议也就有一定的正确性了。不过笔者不想贫穷，也想超人的富有。恐怕不少人也会有我这样的想法吧。

所谓“官到能贫乃是清”是指：有官位的人，支出是否大于收入，豪华的摆设与其工资收入或其他正当收入相吻合，高消费和低工资能否同时成立。这就是“清”的本义。倘若不然，必定是“官到富有并非清”。

笔者亦算是芝麻官以下的小官，工资收入只能维持一般的温饱，怎敢奢望高消费。如此状况，常常自我嘲笑，吾多半是无本事，无能力所致。

我躺在家中不遵守“胡克定律”的沙发上，目睹陋室中烂木箱子，编织的蛇皮口袋之类颇有寒酸之感，于是偶成一联：

半房破烂

两袖清风

众人虽不宜取上联之寒酸，但可以取下联之清白。

去年我在省委组织部和统战部的一次非共产党员的座谈会上，在谈廉政问题时，亦谈到此联。一位副州长说，上联应改为“一房破烂”。我说破烂吾只有半房，不到一房，大家捧腹大笑。

是幽默？是讽刺？只有笑者最清楚。

戴氏的上联是“诗堪入画方称妙”，也算是艺术佳品。但我想，上联应改为“雪至无尘方称白”。如果大家能认可的话，那么戴氏会在九泉之下点头的。联中的“清”，我估计是指“清淡”、“清贫”、“清白”。由此可见这“清”字的力和量了。

我不主张摆设豪华，高消费的“官”们家中是可以悬挂或张贴如下联语的：

（一）雪至无尘方称白

官到能贫乃是清

（二）半房破烂

两袖清风

但我想，若是内心无愧的话，客厅和书房里可悬挂和张贴如下联语：

（一）一尘不染

半屋豪华

（二）全是清白品

并非不义财

写这点东西，不是因嫉妒和眼红别人，其目的在于：官到富有必须“清”啊！

原载《贵州党风》（1992·12）

【简注】：此文是谈官应清廉。故所写对联有的不合律。因以“联”谈“廉”，故亦收入在对联文章里。

锦绣千山永　涛流万世清

文题是我二〇〇二年十一月创作的一副五言联，至今快十年了，此联入选《中华嵌名联大观》一书，笔者有喜不胜收之感。于是提笔谈谈这副联的创作发表过程，以飨同好。简单说来是：创作易，安题难，发表难上加难。

二〇〇二年十一月，中国共产党十六大胜利召开，历史又翻向新的一页。十六届一中全会，选举了以胡锦涛同志为总书记的新的中央委员会。新一届中央委员会，带领全党、全军、全国人民肩负承前启后、继往开来的历史重任。在这个历史背景下，我创作了此联。

原稿是：锦绣千山永；涛流万里清。但考虑“千山”和“万里”虽不合掌，但都是地域概念。于是，把“万里”改为“万世”，成了时间概念。

锦绣千山永

涛流万世清

一副五言联创作完毕。

对联创作好了，应安联题。因这是写党、国家、军队领导人的对联，笔者是普通平民百姓，安什么联题，不但要准确到位，更重要的一点是要庄重严肃。这个联题把我难住了。肯定不能安“无题”、“杂感”之类，不能直呼其名，诸如题某某、嵌某某等，也不能用“雅正”、“雅赏”之类的术语。记得将近一个星期的时间想不出联题，让人坐卧不安。看似山重水复的时候，往往也会柳暗花明。我突然想到嵌字格中的“双钩格”，于是就以“双钩格”为联题。这三字联题，留下一个悬念，对不懂楹联知识的人来讲，“双钩格”是什么？就是对懂楹联知识的人来讲，若不知末尾二字的另一含义，仍是悬念。

对联创作好了，联题选好了，我又认真地请教他人，回答是政治标准、艺术标准都达到一定层次，是一副好作品。于是我急忙寄给有关报刊，希望年底可以见报，使我失望的是未被采用。后来，某诗词馆向我征稿收藏，我把“双钩格”联列为第一副，同样落选。记得当年年底，我县黄文江先生，要参加毕节地区（现改为地级市）书法竞赛，向我索稿。我问主题是什么？他说其中的一点可写“毕节试验区”的内容。“毕节试验区”是时任贵州省委书记的胡锦涛同志倡导的，并得到党中央和国务院的批准，已实施二十多年，二十多年来，地处乌蒙山的毕节地区，有了天翻地覆的变化。当时我给黄文江先生几副有关主题的对联，并建议他写“双钩格”联，他采纳我的意见，书法作品获得优秀奖。据他讲：对联得到业内人士的好评。在未得到发表的情况下，听到这种评价，我已满足了。

在投寄刊物发表无门的情况下，我改投毕节地区主办的内部刊物《乌蒙诗刊》，于二〇〇四年第一期发表。我感谢编辑先生笔下留情，“双钩格”联终于得到发表，虽然是内部刊物，也足够叫人高兴得了。

“双钩格”联不仅歌颂总书记，更重要的是歌颂祖国的大好河山，歌颂党的事业的永恒性。请读者相信，未来的神州大地，必定是：“锦绣千山永 涛流万世清。”

原载《中华楹联报》（总第 77 期）

唯愿玉流千载清

小时候，听大人们讲，落脚河半山有个金月亮，会发光。后来被洋人偷凿走，金月亮从此不再发光了。长大后，曾多次路过金月亮所在地，位于落脚河去双山石阶路左侧一矮小的石壁上。壁上有一圆形被斧凿过的痕迹，至今还清晰可见。从小仰慕的金月亮，原来如此。

我推测，应是一块平如镜的圆形石天然镶嵌在石壁上。雨过天晴，阳光照射，圆形石反射发光，这就是金月亮的本来面目。若真如我推测的这样，说是洋人偷凿走，仅是一个传说。是真是假，今人也无法考证。偷也罢，凿也罢，不能不说是一个遗憾。偷凿者毁掉的是历史，毁掉的是天然奇观。这是用金钱也买不回来的金月亮。大方人应以此为鉴。

落脚河是大方境内的主要河流，属乌江水系，流入长江，直奔东海。落脚河可谓山清水秀之地，但想到金月亮而今不复存在，感慨万千。笔者不才，作一联以记之：

不知金月几时亮？

唯愿玉流千载清！

上联是疑问句，回答的是金月亮永远不会亮了，这个回答，多么遗憾，多么沉重。下联的“玉流”是指落脚河，并给当今健在的大方人及万代子孙提出一个严肃的问题，应重视环保，让落脚河千秋万代清澈。因此，每位大方人都应：

莫求金月几时亮

须保玉流千载清

这是大自然对我们的期盼，也是历史赋予我们的责任！

原载《大方报》（2013·9·24）

四、附录

申明

“国酒茅台”征联主办方把一副获纪念奖的作品在网上误列本人名下，且在楹联报中误登我名。出书前向本人表示“歉意”，我表示理解。然而又无法理解的是，当《联苑国花》出版时，又把此联列我名下，错上加错。我郑重申明，该书中第 437 页末登载的并非本人作品。一切责任由主办方负责。

贵州 刘功永

原载《中国楹联报》（总第 783 期）